川端康成

# 川端康成

●人と作品●

福田清人
板垣 信

CenturyBooks 清水書院

原文引用の際，漢字については，
できるだけ当用漢字を使用した。

# 序

すでに十年ほど以前のこと、私は清水書院から、日本の近代作家の伝記とその主要な作品を平明に述べる「人と作品」叢書の企画についての相談を受けた。書院がわの要望は、既成の研究者よりも、むしろ新人に期待するということであった。

幸い私の出講していた立教大学の卒業生や大学院には、近代文学に関心を持ち、研究している者が少なくなかった。その中から推薦する一方、立教に書き手がいない作家については適当な研究者を紹介することにした。

こうして一九六六年春に第一期が刊行されたこの叢書は、この四年間幸い好評のうちに刊行がつづけられて、いよいよこの「川端康成」あたりで予定の三十八巻を終わることとなる。

筆者の板垣信君は、立教大学の博士課程を終了したのだが、在学中近代文学、ことに昭和文学を研究し、かなりの業績を残している。本叢書の第一期「太宰治」でもすでにその才能を示している通りである。ひきつづき川端康成を手がけていたが、現存作家であるし、またある点、論じがたい文学生理を持っている対象だけに苦心があって、もっと早く刊行さるべき予定のものが最後にまでなった。この間川端氏にはノーベル賞受賞などのことがあった。そのなかにあって、板垣君は冷静丹念に書きつづけてきて完成したのであった。

なお、本文中のカット三葉は、板垣至氏の作品である。

福田清人

# 目次

## 第一編　評伝・川端康成



## 第二編　作品と解説

# 第一編

# 評伝・川端康成

一つの血統が滅びやうとする
——最後の月光の如き花で、
僕はあるらし。
従つて子孫を残さうと思はず。
子を育てんより犬を育てんかな。

——嘘と逆

# 孤　児

## 父母・その死

川端康成は、明治三十二年六月十四日、大阪市北区此花町一丁目七十九番屋敷に、父川端栄吉、母ゲンの長男として生まれた。当時生家には、明治二十八年生まれの姉芳子があった。

父の栄吉は「東京の医学校」（＊筆者註　現在の東大医学部）出の医師であり、康成誕生のころは自宅で開業するかたわら、「大阪市の某病院の副院長」をつとめていたが、肺を病み虚弱であった。また栄吉は大阪の儒家易堂について漢詩や文人画などを学び谷堂《こくどう》と号した、趣味の広い人であった。その蔵書には漢書が多かったが、そのほか「近松、西鶴などのものから、ドイツ語の小説本まであつた」（「現代の作家」）という。

父　栄吉

母のゲンは、短編「故園」によれば、川端家とは血縁の深い、大阪府西城郡豊里村の黒田家の出であった。

父栄吉は、康成二歳の年の一月、結核で死んだ。父との最後の別れの日の「私」を、のちに従姉《いとこ》が、

「お父さんが亡くなつた時は子供だつたのね。家が賑かになつたのを、あんた喜んでゐたわ。それでも棺に釘を打たれるのは嫌だつたのか、どうしても釘を打たせようとしないので、みんなそりや困つたのよ。」と話してくれたと、川端は短編「油」に書いている。

父をうしなった母と子は、まもなく母の実家のある豊里村に移転した。しかし翌年の一月には母も父のあとを追った。死因は父の病からの感染のためであったという。父母の病死が、「幼い私の胸に深く彫りつけたものといへば、病気と早死《はやじに》との恐れだつたでありませうか。」と、のちに川端は「父母への手紙」にしている。

父母の病死が「幼い私の胸」のなかに残したものは、無論それだけではない。その胸のなかには、亡き「あなた方」への思慕と憧憬が、とりわけ強い母へのそれが、うずまいていたはずである。そしてそれは、その後もかれの内部の奥深いところで、多少の痛みをともないながら、絶えずうごめいていた。

「『一生の最後の女か。なぜ、最後の女、などと、かりそめにしても……。』と江口老人は思つた。『それぢや、自分の最初の女は、だれだつたんだらうか。』老人の頭はだるいよりも、うつとりとしてゐた。

最初の女は『母だ。』と江口老人にひらめいた。『母よりほかにないぢやないか。』まつたく思ひもかけない答へが浮び出た。『母が自分の女だつて？』しかも六十七歳にもなつた今、二人のはだかの娘のあひだに横たはつて、はじめてその真実が不意に胸の底のどこかから湧いて来た。冒瀆《ぼうとく》か憧憬か。江口老人は悪夢を払ふ時のやうに目をあいて、目ぶたをしばたたいた。」

川端六十一歳の作品「眠れる美女」の一節であるが、かれの幼いころ死別した母への思慕と憧憬は、ここにも表白されていよう。

「顔も覚えてゐない、思ひ出すよすがとてなにひとつ」残さなかった父母は、かれにとって、思ってみても決して実感のともなわない、「虚像」にしかすぎなかった。

「父は私の三歳の時死に、翌年母が死んだので、両親のことは何一つ覚えてゐない。母はその写真も残ってゐない。父は美しかつたから写真が好きだつたのかもしれないが、私が古里の家を売つた時に土蔵の中で、いろんな年齢のを三四十種も見つけた。そして中学の寄宿舎にゐた頃には一番美しく写つた一枚を机の上に飾つたりしてゐたこともあつたが、その後幾度も身の置きどころを変へるうちに、一枚残らず失つてしまつた。写真を見たつて何も思ひ出すことがないから、これが自分の父だと想像しても実感が伴はないのだ。父や母の話をいろんな人から聞かされても、親しい人の噂といふ気が矢張りしないので、直ぐ忘れてしまふ。」(「油」)

父母の像は「虚像」でしかなかったから、川端の内で常に自在に変化した。そしてとくに母のそれは、ある時は「永遠の処女」となり、またある時は「聖母」の像となって、のちの川端文学をいろどっている。

父母と死別した川端は、まもなく祖父母に連れられて、原籍地大阪府三島郡豊川村に帰り、伯母《おば》の家にひきとられた姉の芳子とは、以後わかれてくらすことになった。

## 川端家

祖父母と帰った故郷の村は、「大阪京都間の茨木《いばらぎ》駅から、さらに一里半ばかり奥の方へ入つた」、まったくの農村であった。川端は「父母への手紙」で、この村を、

「古里には平凡な小山の群はありましたが、海はなかつたのでありました。」

と書いている。

川端家は豊川村の旧家であった。その昔、豪族として、また資産家としてこの村に君臨した家柄であった。しかし、若いころからさまざまな事業に手を出してはことごとく失敗し、家相を気にして「家を建てたり壊したり造り直したり」した祖父三八郎の代で、その財産の大半は人手にわたってしまっていた。

「私の祖先は村の貴族だといふ誇りからでありませうか、村の墓とは離れて、自分達一家だけの墓山を持つてをりました。その山も石碑が三四十ある麓だけを残して、祖父が売り、その人手に渡つた部分は、私の子供の頃に拓かれて桃山となりました……。」(「父母への手紙」)

墓山のほかに先祖は、村の小山の裾《すそ》に寺をも残していた。この寺について川端は、「十六歳の日記」に、

「私の村に尼寺がありました。昔多分私の祖先が建立したものらしく、寺の建物や山林田畑は私の家の名義になり、尼さんは私の家に籍が入つてゐました。黄檗宗《おうばくしゅう》で虚空蔵菩薩《こくぞうぼさつ》を本尊としてゐました。」

と書き、また別のところでは「私達の先祖が建てました黄檗宗の寺」(「父母への手紙」)としるしている。

川端家は北条氏の出であろうか。その家系についてかれは、「十六歳の日記」では、

「この家は北条泰時から出て七百年も続いたんやさかい……」

という祖父のことばを伝え、自らは「私が北条泰時三十一代か二代かの末孫といふ怪しい系図がある」と、「文学的自叙伝」にしるしている。川端のいう「怪しい系図」は、祖父の代までは、きわめて丁重にあつかわれ、伝えられてきたもようであるが、現在は、「故郷」に住む血縁者の手で保存されている。そして、その系図には、川嶋至の調査「川端康成家の系図」によれば、鎌倉幕府の執権北条泰時を筆頭とする北条氏の一族と川端家との「つながり」がしるされ、さらに川端家については、その祖川端左衛門以下「代々坊官」とある、という。この家は「北条泰時から出て七百年も続いたんやさかい……」と祖父がいい、豊川村の黄檗宗の寺は「私の祖先が建立した」と川端がしるしたのも、それ相応の根拠があってのことだったのである。

川端はこうした血統を強く意識しながら生いたった。「末期《まつご》の眼」でかれはいっている。

**川端家系図**

北条泰時――駿河守有時……川端左衛門（代々坊官）……

祖父・三八郎
　＝――父・栄吉
祖母・かね　　＝――姉・芳子（夭折）
　　　　　母・げん　└康成

「芸術家は一代にして生れるものでないと、私は考へてゐる。父祖の血が幾代かを経て、一輪咲いた花である。……旧家の代々の芸術的教養が伝はつて、作家を生むとも考へられるが、また一方、旧家などの血はたいてい病み弱まつてゐるのだから、残燭の焔《ほのお》のやうに、滅びようとする血がいまはの果てに燃え上つたのが、作家とも見られる。既に悲劇である。」

と。

## 祖母と姉

故郷の家は、生垣にかこまれた、大きな屋敷であった。子をうしなった祖父母は、病弱な両親から「七ケ月の月足らず」で生まれたその孫を、極端にあまやかしながら育てていた。そのころをのちに川端は、短編「祖母」につぎのように書いている。

「弱い二親から月足らずで産れた私は、生きて育たうとは信じられなかつたさうである。私の小さい時のからだはずゐぶんみじめなものだつたらしい。八つの時まで規則的に食事を取つた記憶がない。やつとのことで生かせてをいてくれたのはおばあさんの力なのだらう。はたの者が眉をひそめる程大事にし過ぎたので、却つて弱いのだと、私はよく人から話されたけれど、それでこそ死なないでゐられたのだらう。小学校に入る頃までは、風邪を引いては悪いといふので、女の子のやうに毛を伸してゐて、皆に冷やかされた。」

また、こんな記憶もあるという。

「何かのことで私は祖父をひどく怒らせた。こんなことは滅多《めった》になかつたのだけれど、おぢいさんは立ち上つて私を殴りに来た。私は逃げた。逃げ廻るのは何でもなかつたけれど、柱にぶつつかつたり、襖《ふすま》をつき破つたりして、（勿論《もちろん》おぢいさんは家の勝手はよく知つてゐたのだけれど、あわてたからまごついたのだ。）追つかける。盲目のおぢいさんが悲しくて、私は部屋の隅にちぢまつてしまつた。おぢいさんが私を捕へやうとした時に、おばあさんが私をかばつた。せきこんだ盲目のおぢいさんは、それと知らずにおばあさんを殴りつづけた。部屋の片隅に押しつめられて来たおばあさんは、小さな茶箪笥《ちゃだんす》を倒し、薬罐《やかん》を転がし、着物の裾をぬらし、はじめて声を立てた。びつくりしたおぢいさんは立つたまま、おばあさんは倒れたまま、私はうづくまつたまま、三人は一緒に泣いた。

その時分、私達は実に泣虫だつた。」(「祖母」)

昭和七年、川端三十三歳のころの作品に、予知能力をそなえた女性「龍枝」のモノローグ(独白)からなる「抒情歌」があるが、幼いころのかれには一種の予知能力のようなものがあったようである。川端は「行燈《あんどん》」で、

「私は幼いころには一種の勘のようなものがあつた。失せもののありかを言いあてたり明日来る客を言いあてたり、小さい予言をしたりする習わしがあつた。」

とのべている。

小学校へあがる前、「おばあさんに「いろは」を教わつた」という川端が、豊川村尋常小学校に入学したのは明治三十九年春のことであった。その入学式の日、講堂に入った「私」は、「世のなかにはこんなに多くの人がいるのかとおどろき、……恐怖の余りに泣き出した」という。

小学校に入学したころの川端は、「始終病気だとだまして」(「祖母」)学校を休んだ。そのころをのちに川端はつぎのように回想している。

「人なかに出るのがいやで、私は学校を休みがちだつた。ところが、村々で児童の出席率の競争があつて、誘い合わせて登校する習わしだつたから、子供たちがそろつて押し寄せて来ると、私の家では雨戸を

しめ、老人と私の三人が片隅にひつそりとすくんでいた。子供たちが声を合わせて呼んでも答えなかった。子供たちは悪口雑言《あつこうぞうごん》し、雨戸に石を投げ、楽書きをした。」（「行燈」）

その年の初秋、柚子《ゆず》の実が色づいたころ、祖母が死んだ。祖母かねは、「故園」によれば、母と同じ黒田家から出て、血統の絶えようとしていた川端家を継いだ人であった。「孫を学校に入れたといふ軽い気の弛《ゆる》み」（「葬式の名人」）が、その死因であったという。

祖母の葬式には、母の死後まもなく別れた姉の芳子も帰ってきた。この姉について川端は、姉とは別れてからこの日とその直後と、「都合二度」会ってはいるけれども、その「姿の特徴一つ思ひ出すことが出来ません」と書いている。そして「ただ一つの記憶らしい」ものにつぎのようなものがあるという。

「古里の家の玄関にあたる間《ま》には、庭に向いた南に、二段になつた縁側があり、縁側の外に柱から柱へ横棒が渡してありましたが、その横棒に私は馬乗りになつてゐる、さうして姉は畳の上で泣いてゐる――その時の私の気持は、今でもはつきり思ひ出されまして、つまり、悪いことをしたと後悔しながら、それを隠すために虚勢を張つてゐる、さうして、私のしたことが悪いことになつたのは、姉が泣き出したりするからだと、姉を急に突つ放して眺め、とにかく思はぬ結果を招いたその場の始末に困つてゐるといふ風だつたのですが、それにひきかへ姉の方は、泣いてゐる姿も声もなんにも思ひ出せもせず、ただ泣いてゐたといふ感じが私の頭に残つてゐるだけなのであります。具体的な印象のない感じだけといふものは、私を押しかへしたり、私にさからつたりする由《よし》がなく、そのために却《かえ》つて、姉の人となりが感じられるやうな気もいたします。」（「父母への手紙」）

姉の芳子は母方の伯母の家で、「たいへんおとなしく控へめに」育っていたらしい。学校の成績もよかったという。しかしこの姉も川端が十歳になってまもない明治四十二年七月、死んだ。その知らせを受け取った「私」は、めっきり心弱くなっていた祖父に、「告げるに忍びないで手紙を二三時間隠していてから」（「葬式の名人」）決心して、読んで聞かせてあげたという。

## 小学生

祖母の死後、盲目の祖父と小学校の一年生になったばかりのその孫とは、大きな屋敷のなかで、親類に見守られ、近所の人たちに世話されながら、「可成り陰気に」くらしていた。以前泣き虫だったふたりは泣かなくなっていた。「おばあさんが死んでから、おじいさんは泣けなくなつた。私も泣かなくなつた」のである。そして、「私は一層いぢいぢした子供」になっていった。

「私はそつと家の西の庭に出て、壁にもたれてぼんやりしたり、読経《どきよう》してゐるおぢいさんを長く見つめたり、燈明のともつてゐる仏壇の扉をこはごは明けてみたりするやうになつた。仏壇の前に白い襖があつた。その襖はおばあさんを思ひ出すによい場所だつた。習い立ての字で、

コウアンキン、トウミヨウジ、ラクホウゼンジヨウニ

と、おばあさんの戒名をその襖に書いた。」（「祖母」）

なかば盲目の祖父は、石油ランプを使うことを極度におそれた。

自画像？

「行燈《あんどん》の灯で私は育つた。
もう明治三十年代から四十年代のことだから、いくら百姓村でも、石油ランプを使わぬ家はなかつただろうが、祖父は石油をあぶながつた。目のよく見えぬ祖父には、石油ランプも行燈も、その明るさに変りがなかつたのである。同じように暗かつたのである。菜種油をさし、燈心をかき立て、紙の古びた行燈の薄明りで本を読んだ人など、私たちの年輩にはまあないであろう。
私の幼い魂の芽立ちは、行燈のわびしい火影だつた。」（「行燈」）

そうした陰気で寂しい境遇によるのであろうか、幼いころから川端は、書物や絵に親しむことが多かった。小学生のころは絵が得意であった。「画家になつては」という祖父のすすめもあって、「私」も「画家になるつもり」（「現代の作家」）であった。しかし、まもなくかれは書物のとりこになった。小学校の上級生になったころから、かれはさまざまな書物を濫読するようになったのである。そのころをのちにかれは、小学校の「小さな図書館にあつた本は、文字通り一冊残さず無茶苦茶に読んだ。立川文庫、それから押川春浪の冒険ものなどもずいぶん読んだ」（「現代の作家」）と、回想している。川端が「源氏物語」や「枕草子」などの、平安朝女流文学に親しみ始めたのも、この直後のことである。

「少年時代、私は『源氏物語』や『枕草子』を読んだことがある。手あたり次第に、なんでも読んだのである。勿論、意味は分りはしなかつた。ただ言葉の響や文章の調を読んでゐたのである。

それらの音読が私を少年の甘い感傷に誘ひこんでくれたのだつた。つまり、意味のない歌を歌つてゐたのであつた。」（「文章について」）

そして、「それらの音読」を通して、少年の内には、平安朝の女流作家の「あはれ」に息づく美意識が、しだいに浸透していった。光と色彩、あるいは音に異常に鋭い反応を示す川端の感覚も、こうした少年の日の読書を通じてつちかわれたものであろう。のちに川端はいっている。「その少年の日の歌の調は、今も尚《なお》ものを書く私の心に聞えて来る。私はその歌声にそむくことが出来ない」（「文章について」）と。

少年の日の読書にまつわる思い出に、つぎのようなものもあるという。

「ある寺（＊先祖の建てた寺）の裏山へ、小学校の終り頃か中学校の初め頃かの私は、まだ夜のあけきらぬうちに一人で幾度か登つた記憶があります。頂上から日の出を見るためでありました。なんのために日の出を見るのか、今はさだかに思ひ出せませんが、それは正月元日の朝であつたかもしれません。その頃私の読みました美文集などには、必ず初日の出といふのがありましたから、私も実際に見たく思つたのでありませうけれども、さういふ目的がなくとも、私はよくさういふことをしたらしいのであります。庭の木斛《もっこく》の木に登り、楽々と仕事をする植木屋のやうに、太い枝のわかれめに坐りこんで、本を読んだのでありました。部屋で読むより遙かに心静かで、例へば長い旅の汽車のなかでなにもかも忘れてしまつてゐる時だとか、宿屋に着いたばかりでごろりと寝そべつた時とかのやうに、たいへん爽やかでからつぽな安らぎが、木の梢にはあるのでありました。」（「父母への手紙」）

## 茨木中学

明治四十五年四月、川端は大阪府立茨木中学校（＊現在の茨木高校）に、首席で入学した。当時茨木中学校では、甲乙丙の三クラスを成績順に編成していたが、「首席で入学した私は無論」甲組だった。教科ではとくに国語と漢文が得意であった。

小学生のころからの濫読癖は、「やや文学らしいものを読み出したのは、中学に入つた頃からで、それからまもなく雑誌も、『新潮』、『新小説』、『文章世界』、『中央公論』など、みんな読んだ」（「現代の作家」）と、のちに自ら語っているように、このころからしだいに文学書中心の読書に変わり始めた。そして、「そのころは半年毎の節季払ひで、金を持たずに物が買へたから、私は田舎町の本屋へ来る文学書のめぼしいものはほとんどもらさなかつた。本代がたまつて祖父と共に苦しんだ」（「川端康成全集」（＊以下「全集」と略記）第一巻・あとがき）というほど、文学書に熱中した。

画家志望であったかれが、作家になろうと思い始めたのもこのころのことである。「小学生のころ祖父は狩野元信などの話をしてくれて画家になつてはと言ひ、私もそのつもりであつたのが、中学の二三年のころ自分から小説家になると祖父に言ひ、それもよからうとゆるされたのを覚えてゐる」と、川端は「少年」にしるしている。それは、評論家の島村抱月が、「文士学者に嫁するは畢竟《ひっきょう》貧苦に嫁するなり。冷淡に嫁するなり。」、「吾人想ふ、文士学者は宜《よろ》しく無妻なるべし」（「文士無妻論」）と、主張してまもないころのことであった。

貧苦といえばそのころのふたりの生活は、経済的にも決して恵まれたものではなかった。生活費は、ふたりの伯父によって管理されている母の金のなかから月々送られてくる、二十三円によってまかなわれていた。川端は、その増額を要求する、つぎのような手紙を代筆したこともあったという。

「拝啓、過日来御願出て置き候食込み分共何卒《なにとぞ》御渡し被下度《くだされたく》候。手元困りに困り居り候。何分使ひ候はば御預け金額減ずるは分明に候へ共、よんどころなき次第に候。……何分一ケ月二十三円にては、米代十円、薪炭其他諸雑用相掛り、竝《ならび》に雇婆の義務月三円、其他それこれ雇入れ金等差引き致し候はば、まことに不足相重なり候ばかりにて困り入り候。何卒御憫《びん》察の上御救ひ被下度候。此窮苦寸時も老の胸を離れず候。拙老は倹約は勿論、毎日汁ばかりにて飯を食ひ居り候。此上は食せざるより外は無之《これなく》候。康成も毎日梅干ばかりにては身体保ち難く候故晩だけは菜を食ひ居り候。……」(「少年」)

文面には金を引き出すための誇張も少しはあったらしいが、それはともかく、そのころのふたりは、こうした泣訴状を書いて送らなければならなかったほど困窮していたのである。

しかし、そのころの「私」には、「毎日梅干ばかりにて」という貧しさよりも、盲目の祖父とふたりだけで過ごす「寂しさと悲しさ」のほうが、はるかに耐えがたいことであった。「寂しさと悲しさ」に耐えられなくなった「私」は、「ひとりきりの祖父のさびしさも、もうわかる年なので、悪いとは思いながら」、暖かい団欒《だんらん》を求めて夜毎外出した。そして祖父が気になればなるほど立ちあがれず、いつも十二時を過ぎてから帰宅の途についたという。

「二親も兄弟もそろつている、友だちの家庭の温味が名残り惜しくて、私はおそくまで帰り渋るのだが、さてその門を出ると、急に祖父が心配になつた。留守の間に死んでいないかと胸が迫つた。走つた。暗い家にそつとはいると、祖父にすまない思いがなお強まつて、私は床のそばで詫びるように頭をさげ、それから寝顔をのぞいた。眠つているとばかり思つていた祖父は、その気配で目をさますのだつた。」（「行燈」）

## 祖父・その死

大正三年、川端が中学の三年生になろうとしていたころ、祖父の衰弱がにわかにめだちはじめた。祖父は、天保十二年（一八四一年）の生まれで、そのころは本名の三八郎を改名して、康籌《やすひろ》と名のっていた。

かれが中学の三年生になったころ、祖父は瀕死《ひんし》の床にいた。

「茶が沸いたので飲ませる。番茶。一々介抱して飲ませる。骨立つた顔、大方禿《は》げた白髪の頭。わなわなと顫《ふる》ふ骨と皮との手。ごくごくと一飲みごとに動く、鶴首《つるくび》の咽仏《のどぼとけ》。茶三杯。」（「十六歳の日記」）

祖父は漢方薬の心得があった。「父の西洋医薬を見真似たのか、その二つを取り合わせて、我流の薬法を工夫し、村人などに施薬していた。人助けのつもりで、死ぬころまでつづけていた」。ある時、村に赤痢が流行したことがあった。

「祖父は避病院の療法がまちがつているという考えで、頼まれると我流に施薬した。祖父の薬は避病院のなかにまで、ひそかに持ちこまれた。私はそれがふしぎだつたが、避病院でかくして使われるのを犯罪のようにも思つた。」（「行燈」）

その薬の不思議なききめに自信を得た祖父は、「この薬を世に広めたいと考へるやうに」なり、「薬を売り出す許可を内務省から」得たが、「(東村山竜堂）といふ屋号のやうなものを印刷した包紙を五六千枚印刷したぐらひのことで、その製薬の仕事は立ち消えになつて」（「十六歳の日記」）しまった。この祖父の「印刷した包紙」は、現在でも残っている。

また祖父は易学や家相学についても造詣《ぞうけい》が深かった。「構宅安危論」という表題の家相についてのべた本を、出版しようと努力したこともあったが、これも実現しなかった。祖父の一生は、「何一つ志を遂げず、手を下したことは何もかも失敗ばかり」という、惨憺《さんたん》たるものであった。かれは死の床で自分の代に人手に渡してしまった財産を、何とかして取り戻し、孫に楽な生活をさせたいとしきりに訴えた。

「ああ、松尾の田地十七町あるのに、わしの生きてる間にすつかりぼんのものにしてやりたい心で一ぱいやつて来たのに、仕方がない。……もう十二三町もぼんの田地を持たしたら、しつかりしたもんや。大学卒業したら、ばたばたせんでもええのに。島木（叔父の家）や池田（伯母の家）の世話になるのは、ぼんが気の毒や。」（「十六歳の日記」）

祖父はまた、前述したように、島村抱月が文士に貧しさはつきものであるから、無妻であれ、と主張してまもないころ、その幼い孫に「画家になつては」といい、「小説家になる」（「少年」）ことを許した人でもあった。

こうした川端の回想や記録のなかから浮かびあがってくる祖父は、どこか変わった人である。「家産をくいつぶして生きてきたらしいこの祖父は、一般の生活者意識に欠けるところがあったのではないかとも思われ」(「川端康成の人と文学」)る、とは磯貝英夫の指摘であるが、この指摘はおそらく正しい。川端はものごころついたころからこの祖父と、ほぼふたりきりでくらしてきた。したがってかれは、「一般の生活者」の感覚なり意識なりとは無縁のところで生いたったことになる。だからこそ、「本代がたまつて祖父と共に苦しむことにもなったのであろう。川端がこうした環境のなかで成長したということは、その後のかれにとってもきわめて重要な意味をもっている。「かれの、以後の、ほとんど野放図《のほうず》と言つてもいいような無手勝流の生きかた、また、生活の捨象の上に成立しているかに見えるその文学性格などは、遠く、こうした生育環境に胚胎していると言つてもよいと思われる」(磯貝英夫)からである。

ところで、近所の人々と交代で看病にあたっていたその孫は、唯一の肉親である祖父と死別するのではないかという不安と、病人のわがままに対するいらだちとを同時に感じていた。

「五月十四日(＊大正三年)

祖父は脚も頭も、くしやくしやに着古した絹の単衣《ひとえ》物のやうに、大きな皺《しわ》が一杯で、皮をつまみ上げると、そのままで元へ戻らない。私は大変心細くなつた。今日は何かにつけて私の気にさはることばかり言はれる。その度に祖父の顔がだんだん険相になつて行くやうに思ふ。私が眠るまで絶えたり続いたりする祖父のうめき声のために、私の頭は不快に満ち満ちて。」（「十六歳の日記」）
しかし、この祖父も大正三年五月二十四日の夜、死んだ。
「臨終の祖父は痰が気管につまつて、胸を掻きむしり、うめいてをりましたゆゑ、私は隣り座敷に逃げて、藤村や晩翠の詩を大きな声で朗読してをりましたが、一年ほど後に従姉の一人が、ただ一人の肉親の私があの時傍で見とりをしなかつたのは薄情だと、なにげなく私を責めたことがありました。私は他人といふ感じにぶつかつた驚きで、寄辺《よるべ》ない寂しさが自分のうちへうちへと落ちこんで来るのを、どうすることも出来なかつたやうであります。」（「父母への手紙」）

**孤児の感情**　唯一の肉親であった祖父の死は、少年の心に、幼いころの肉親の死とはちがった、激しい「いたみ」を与えずにはおかなかった。その葬儀の日の「私」を、のちに川端はつぎのように書いている。

「葬儀の日多くの会葬者から弔問を受けてゐる最中に私は突然鼻血が鼻孔を流れ下つて来るのを感じた。はつと帯の端で鼻を抑へて庭に裸足のまま飛び出し敷石の上を走つた。人目の届かない木蔭の高さ三尺位ゐの大きい庭石の上に仰臥《ぎようが》して出血の止まるのを待つた。樫の老樹の葉の隙間から眩《まぶ》しい日光がこぼれ青空の細かいかけらが仰げた。鼻血が出たのは生れて初めてと言つてよかつた。この鼻血が祖父の死から受けた私の心の痛みを私に教へた。……鼻血が私の気を挫《くじ》いた。殆ど無意識で飛び出したのは自分の弱い姿を見せたくなかつたからだ。喪主の私が出棺近くにこの態《てい》では皆にすまないし一騒ぎになると思つたからだ。庭石の上は祖父の死後三日目に初めて持つた自身の静かな時間であつた。その時唯一人になつたといふ寄辺《よるべ》なさがぼんやり心に湧いた。」(「葬式の名人」)

鼻血は翌朝の骨拾いの際にも、ふたたび流れ出たという。

その帰途は祖父の話。全村で五十軒という小さな村の女たちは、「私」をあわれんで声をあげて泣いたが、「私」の「いたみ」は素直にそれを受け入れることを拒んだ。

「旦那はお気の毒な人だつた。お家のためになつた旦那だつた。村に忘れられない人だ。帰りみちは祖父の話。止めてほしい。悲しむのは私だけだらう。」(「骨拾ひ」)

父母があいついで病死したころから、周囲の人々は「私」に同情し、「私」をあわれんだ。そして、そうした周囲の人々と自らの心の傷に対し、「私の心は張りつめてゐた」(「油」)。「私は幼くから孤児であつて、人の世話になり過ぎてゐる。そのために決して人を憎んだり怒つたりすることの出来ない人間になつてしまつてゐたが、また、私が頼めば誰でもなんでもきいてくれると思ふ甘さは、いまだに私から消えず、何人からも許されてゐる、自分も人に悪意を抱いた覚えはないといふやうな心持と共に、私の日々を安らかならしめてゐる」とは、「文学的自叙伝」の一節であるが、無論ことはそれほど単純であったわけではない。敏感なひとりの少年が、自我に目ざめようとする時、そうした「孤児根性、下宿人根性、被恩恵者根性」(「全集」第四巻・あとがき)が、激しい嫌悪の対象にならなかったはずはない。川端はいっている。「幼少の頃から周囲の人々の同情が、無理にも私を哀れなものに仕立てやうとした。私の心の半ばは人々の心の恵みを素直に受け半ばは傲然《ごうぜん》と反撥《はんぱつ》した」（「葬式の名人」）と。

少年期から青年期へかけての、かれの重要な課題のひとつは、こうした被恩恵者根性、つまり孤児の感情からの脱出にあった。そしてその孤児の感情およびそれからの脱出の過程は、のちの川端の作品の主要なモティーフや底流になっている。かれは、「全集」第一巻の「あとがき」に、「祖父の前には、祖母が私の八歳の時死に、母は私が四歳の時死に、父は私が三歳の時死んだ。一人の姉は伯母の家に預けられてゐて、私が十歳くらゐの時死んだ。私の記憶に残る肉親は祖父一人である。このやうな孤児のあはれさが私の処女作から底流れてゐるのは、いやなことである」と書き、その第一巻に収めた作品については、さらにつぎのようにのべている。

「第一巻の「油」、「葬式の名人」、「孤児の感情」などは、孤児としての私の私小説と見るべきであらう。「十六歳の日記」につながつてゐる。また、後の「父母への手紙」、「父の名」、「故園」などにもつながつてゐる。

「伊豆の踊子」、「篝火《かがりび》」などにも、この孤児は顔を出してゐる。」（「全集」第二巻・あとがき）

祖父の死んだ年の八月、川端は豊里村の伯父の家にひきとられた。その前後をのちにかれはつぎのように書いている。

「祖父の死は大正三年五月二十四日、その年の八月に私は伯父の家に引き取られて、大方その年の暮まで汽車通学をしたが、その翌年早々、つまり三年生の三学期から中学校の寄宿舎へ送られたのである。」（「全集」第一巻・あとがき）

# 愛

**谷《こく》堂《どう》集**　中学の二年生になったころ、作家になろうと決意した少年は、その後まもなく詩文集「谷堂集」を編み始めた。この「谷堂集」の全貌《ぜんぼう》については明らかではないが、「少年」によれば、表題は父の号谷堂に「由来する」ものであり、自作の新体詩三十二編からなる「第一谷堂集」と、作文や手紙文からなる「第二谷堂集」の二冊があった。

「第一谷堂集」に収めた新体詩は、「大方藤村調」であり、「私がやたらに本を買ふのを無駄づかひすると人は思ふが、希望と悲哀とが胸にあるからだといふ子供らしい抗議」をうたった、「読書」という「七五調六行」の、十二歳のころの詩もあるが、この三十二編には「私自身の詩魂から出た」句は、「一句も見あたらない」という。

作文集「第二谷堂集」には、小学校六年生のころ、「甲上」をもらったつづり方の写しが「二つはさまつてゐる」。そしてその一編は「箕面《みのお》山」と題したつぎのようなものであった。

「箕面山は豊能郡箕面村にあり。往昔より観楓《かんぷう》の地にして、且つ滝を以て著《あら》はる。近年電鉄大阪より通じ、動物園も設けられ、その名一層高くなりぬ。

箕面停留所よりやや登れば一条の渓流あり。これに沿ひて行くこと十町余にして滝に到る。直下十数丈、絶壁に水晶の簾《すだれ》を懸《か》けたるが如き壮観筆紙に尽し難く、夏猶《なお》肌へに涼を生ず。山中楓樹多く秋は山谷悉《ことごと》く紅の錦繍《きんしゅう》を重ぬ。谿谷《けいこく》の左右は峻峭《しゅんしょう》に老樹生ひ茂り、見上ぐるばかりの巨岩彼方此方《かなたこなた》に突出して奇観をなす。渓流にも岩石多く、清水砕けて玉と散り、また潭《ふち》となる。……」

このつづり方は、残存している川端の文章のなかでは、もっとも古いものである。

また「第二谷堂集」には、大正三年三月三日の日づけのはいった、「春夜友を訪ふ」という作文もある。それはおよそつぎのようなものであったという。

「連日の試験に追はれ、ここしばらく友を訪はざりしが、今宵こそ存分に語らんとて門を出づ。満天細かき魚鱗の如き白雲におほはれ、半月高し。」

「兄弟二人共部屋にあり。兄は机に向ひて二三の模範文集を参照しつつ、『都鄙《ひ》学生優劣論』の推敲《すいこう》に苦《くるし》めり。余はその傍《かたわ》らにありて蘆花《ろか》の『青蘆集』を繙《ひもと》くこと一時間余、彼の作文も終り、例の如く父母をも交へて五人火鉢を囲《かこ》みて団欒《だんらん》す。話題あれこれと走馬燈の如し。いつに変らぬこの一家の人々の温情こそ嬉《うれ》しけれ。父母なく兄弟なき余は万人の愛より尚厚き祖父の愛とこの一家の人々の愛とに生くるなり。談笑数刻にして辞す。」

「春夜友を訪ふ」は、「そのころの自分を思ひ出せる手がかりとなる」ものとして紹介された作文であるが、この作文にしても「箕面山」にしても、のちに川端が自ら評しているように、かれ自身のことばでは書かれていない。文語調の虚飾の多い表現には、そのころのかれがよく読んだという、美文集の影響のあとがいちじるしい。ところがそれは、この直後の「十六歳の日記」になると、つぎのような実に簡潔でリアルな表現に一変する。

「暫くして、

「ぼんぼん、豊正ぼんぼん、おおい。」死人の口から出さうな勢ひのない声だ。

「ししやつてんか。しいしやつてんか。ええ。」

病床でじつと動きもせずに、かう唸《うな》つてゐるのだから、少々まごつく。

「どうするねや。」

「溲瓶《しびん》持つて来て、ちんちんを入れてくれんのや。」

仕方がない、前を捲《まく》り、いやいやながら註文通りにしてやる。

「はいつたか。ええか。するで。大丈夫やな。」自分で自分の体の感じがないのか。「ああ、ああ、痛《い》た、いたたつたあ、いたつた、あ、ああ。」おしつこをする時に痛むのである。苦しい息も絶えさうな声と共に、しびんの底には谷川の清水の音。」


大正三年五月四日の日記の一節であるが、この突然の変化は何に起因するのか。それを解く鍵のひとつは、つぎのような川端の回想のなかにある。

「第二の問題は、このやうな日記をなぜ私が書いたかといふことである。祖父が死にさうな気がして祖父の姿を写しておきたく思つたのにはちがひないが、死に近い病人の傍でそれの写生風な日記を綴る十六歳の私は、後から思ふと奇怪である。

五月八日の文中に、「さて、私は机に向つて原稿用紙を拡げ、おみよは坐つて、所謂《いわゆる》親密な話を聞かうと用意する。（私は祖父の言葉をそのまま筆記しようと思つたのです。）」と書いてゐる。……

十年後にこの日記を作品として発表することにならうとは、無論夢にも思はなかつた。作品としてとにかく読めるのは、この写生のせゐである。早成の文才ではない。祖父の言葉も筆記しようとしたために、文章を飾る暇もない速記風で、字も乱暴に続けて書き、後からは読めぬところもあつた。」（「全集」第二巻・あとがき）

しかし、その突然の変化が単にこれだけのことから起こったとも考えられない。唯一の肉親である祖父に「死の極印」をおされて、「天にも地にも唯ひとり」になろうとしていた少年の心は、山本健吉がいうように、「この上なく張りつめていたにちがいない」（「川端康成」）と思われるし、そしてその「張りつめた心」には、文飾などという操作は無縁のものであったと考えられるからである。

## 作家志望

川端が豊里村の伯父の家から中学校の寄宿舎へ「送られた」のは、大正四年一月のことであった。「中学三年の三学期に、私は寄宿舎にはいつた」のである。

そのころのかれは、かなりのロマンチストであったようである。「父母への手紙」によれば、寄宿舎ではガラス窓がめずらしく、夜空を眺めながら眠りにつこうと、「窓際に寝床を寄せて、月光のなかに寝るのを楽しんでゐました」ということだし、また、「文学的自叙伝」によれば、「竹久夢二装幀、長田幹彦氏作の、祇園や鴨川の花柳文学にかぶれて、中学の寄宿舎から京都に行き、一人で都踊を見物し、花見小路や、木屋町や、先斗《ぽんと》町や円山公園から東山へ夜中の二時過ぎまであくがれ歩いた」こともあったという。

そしてその「詩人気取りの私」の夢を、ある程度みたしてくれたものは、文学であった。そのころの読書についてのちに川端は、「中学上級になる頃から、白樺派の人たちが好きになつてよく読んだ。ことに武者小路さんのものは愛読した。ほかに上司小剣、長田幹彦、谷崎潤一郎のものなど、片つぱしから読んだ。しかし志賀さんは、まだほんとにわからなかつた。志賀さんを読んだのは、むしろ高等学校へ入つてからだ。外国文学はだいたいロシア文学が多い」(「現代の作家」)と語っている。

茨木中学には「小説家になろうという同級生のグループ」があった。川端もこのころから「とにかくなにか書き出した」。「文章世界」、「秀才文壇」、「中学世界」などという雑誌に、青少年があらそって投稿した「投書花やかなりし頃」のことであった。茨木中学の「二級下」にいた大宅壮一は、当時「投書家の花形」として知られていた。川端も「投書をしてみたが、落選ばかりで、俳句が二三度小さく印刷されただけ」だった。その小さく印刷された俳句に、つぎのような一句がある。

五月雨や湯に通ひ行く旅役者　(「文章世界」大5・8)

投稿をつづけながらも川端は、自らの才能に対する強い不安や絶望感のとりこになることがしばしばあった。反面、自負もあった。日記につぎのようにしるしたこともある。

「二月十八日（註。多分大正五年、私は十八歳。）

総ての若い人のたどつてゆくべき途の上にゐる自分、我のあさましさ——その自分の書いたものを活字にしてみたいといふ欲望が可成り私の心に萌《きざ》して来た。今迄、『文章世界』、『中学世界』、『学生』等に和歌など二三度投稿してみたものの、自分ながら十日もすれば再び読む気もしないやうな作しか出来なかつた。要するに自分の天分などは実に少いものである。自分の文学を目的とした前途には暗黒の影が横たはつてゐる。失意の生活難に泣く身となるかもしれんと思ふ事はたへず私の心を苦しめる。なぜ我の頭は文学者としてこんなにプーアなものだらうか。なぜ私の筆は思ふままに動かないのだらうか。」（「全集」第一巻・あとがき）

その前夜、かれは「大文豪を夢みる」同級生のなかまたちが作品を発表していた、茨木町の小新聞「京阪新報」に、自らも作品を発表しようと決意していた。そして二月十八日、「一かどの文学者が新聞社や雑誌社から掲載をことわられて苦しんでゐるのを連想し」ながら、新聞社をたずねたかれは、親切な若い記者から、「小説、文学論、社会論、長詩、短歌、なんでも書いてくれ」と、いわれた。

その年の三月、川端の「「H中尉に」」といふ書簡体の感想と短歌四五首」が、「京阪新報」に掲載された。そしてその後もかれの「京阪新報」への投稿はつづいた。それらについて川端は、大正五年十二月の「歳晩感」に、二「H中尉に」が活字になつたのを学校の門監に受け取つた時は心躍つた。次に短編「淡雪の夜」、「柴の茶碗」、その他続々あらはれたのには、「月見草の咲く夕」、「電報」、「自由主義の真義」、「青葉の窓より」、「少女に」、「永劫《ごう》の行者」等があつた。」（「全集」第一巻・あとがき）

としるしている。しかし、「京阪新報」への投稿は、「内に深く泉を胸に探らうといふ口実で、投稿の熱も気候と共に冷えた」（「歳晩感」）ため、大正五年の秋までしかつづかなかったもようである。

同じ年の冬、茨木中学で英語を教えていた倉崎先生が急死した。教え子は「柩《ひつぎ》をかついで寺へ行き、五年生全員が寺で通夜をし、焼場まで」おくった。「私はその記事を書いて、当時石丸梧平氏が大阪で発行してゐた雑誌「団欒」に投稿した。石丸氏から感動したとの返事があり」、まもなくこの作品は、「師の柩を肩に」（＊のち「倉木先生の葬式」と改題）という表題で、「団欒」誌上に「大きく」掲載された。それは、このころからかれの内に、「中央とのつながりをつくろうとする気持」（古谷綱武）が動きだしたことを示すものである。

## はじめての愛

作家志望の少年であったかれにとって、その作品の何編かが活字になった大正五年は、記念すべき年であった。新進作家南部修太郎との文通が始まったのもこの年のことであり、川端と同じ明治三十二年生まれの、「十八歳の中條百合子（＊のちの宮本百合子）が処女作「貧しき人々の群」を坪内逍遙の推薦で「中央公論」に発表」し、「田舎中学生の私」をおどろかせたのもこの年のことであった。秋には故郷の村の家屋敷が売られた。その年の「歳晩感」に川端は、「私の希望に好意を持つていてくれるらしい義愛従兄の紹介で、三田の新進南部修太郎さんと文通をなし得た」と書いたあと、さらにつぎのようにしるしている。

「○頭にのこつてゐる作家――武者小路実篤、江馬修、谷崎潤一郎、野上彌生子、中條百合子、徳田秋声、塚越亨生。ダスタイエフスキイ(＊ドストエフスキイ)、アルチバアセフ。

○秋に家と屋敷が川端岩次郎氏へ売られた。売却については一切私は叔父達に任せて一言も口を入れなかつた。……

もう私の心は家の相続を軽んじ、故郷をかへりみようとせぬ今日、そんなに苦痛ではなかつたけれど、静思してみると、たいへん大きな関係を私の未来に持つてゐるにちがひない。

家を売つた結果として、祖父が残して死んだ借金も、虎谷、堀、堀内(註。いづれも茨木町の書店)の私の払ひもかたづいた。」(「全集」第一巻・あとがき)

この年はまた川端が、その「人生で出会つた最初の愛」を体験した年でもあった。

その年の春、最上級生となり、寄宿舎の室長となったかれは、清野(＊仮名・本名は小笠原義人)という下級生を知った。清野はふしぎな少年であった。はじめて清野に会った時のおどろきを、のちに川端は「湯ケ島での思ひ出」に、つぎのように書いている。

「……私が五年級に進んだ春、私の室員としてはじめて寄宿舎に来た清野は二年生だつた。年は十六であつた。病気でおくれてゐたのである。

　私はいつぱいに目を見張つた。こんな人間がゐるのかと、不思議さうに眺めた。私が生れて初めて会つた人間である。そして私が驚いた通り、全く世に二人とゐないと思へる人間である。私はわが身に引き較べて、その人の背後に、明るい家庭の温さと賢い家人の愛とを置いてみて、自分をあはれんだ。生命を脅かし、一年余りをただ病床に過させた大患が、彼の過去を洗ひ落して、新しい嬰児《えいじ》に産み変へた、その幼い初々《ういうい》しさであらうかと私は考へた。それにしても不思議であつた。

　さうして私は彼と私との比較から来る自己嫌悪を感ずるよりも、むしろ彼の不思議さに我を忘れて、ぽうつと眺めてゐたのである。さうする私に極く自然な心の微笑が浮んで来た。」（「少年」から）

　清野は、「ほのぼのとした女が、なごやかな家庭に閉じこもつてゐて、……ただぽうと十七まで育つたやうな」少年であった。「心ばかりでなく、しぐさにも女」が多かつた。清野はまもなく「私」によりかかってきた。そして「僕はいつとなくお前の腕や唇をゆるされ」るようになっていた。大正五年十一月二十六日の日記に、かれはつぎのように書いている。

「どうしても室員の温い胸や腕や唇の感触なしにねむりにおちてしまふのはさびしい。

　清野はまだほんたうに単純らしい。

「思つてゐて言はない事はなにもあらしません。」と、ふとしたとき言つた。

「ほんたうか。ほんたうか。」と、しつつこくたづねる。

「ほんまでつせ。なんぞ思つて黙つてたら、心配で心配でゐられやしまへん。」

清野はこんな少年だつた。大変負け惜しみが強いけれど、正直な子である。

「私のからだはあなたにあげたはるから、どうなとしなはれ。殺すなと生かすなと勝手だつせ。食ひなはるか、飼うときなはるか、ほんまに勝手だつせ。」

昨夜もこんなことを平気で言つてゐた。

「こないに握つてても、目が覚めたら離れてしもてまんな。」と、強く私の二の腕を抱いた。

私はいとしくてならなかつた。

夜なかに目覚めると清野のおろかしい顔が浮いてゐる。どうしたつて肉体の美のないところに私のあこがれは求められない。」（「全集」第一巻・あとがき）

ほぼ半月あまりのちの日記には、つぎのようにしるされている。

「十二月十四日。木曜。くもり後あめ。

起床の鈴の少し前、小用に起きた。をののくやうに寒い。床に入つて、清野の温い腕を取り、腕を抱き、うなじを擁する。清野も夢現《ゆめうつつ》のやうに私の頸《くび》を自分の顔の上にのせる。私の頬が彼の頬に重みをかけたり、私の渇いた唇が彼の額やまぶたに落ちてゐる。私のからだが大変冷たいのが気の毒のやうである。清野は時々無心に眼を開いて私の頭を抱きしめる。私はしげしげ彼の閉じたまぶたを見る。別になにも思つてゐようとは見えぬ。半時間もこんなありさまがつづく。私はそれだけしかもとめぬ。清野ももとめてもらはうとは思つてゐぬ。

起き上るとなんだかまぶしい。」

この「初恋と言へるかもしれない」体験のなかで、川端は「生れて初めて感じるやうな安らぎを味はった」。そしてそれは、孤児の感情のとりことなっていたかれに、「染着してゐるものから逃れようと志す道の明りを点じてくれた」(「湯ケ島での思ひ出」)のであった。

この清野との愛を回顧して、五十歳の川端は、つぎのようにのべている。

「私はこの愛に温められ、清められ、救はれたのであつた。清野はこの世のものとも思へぬ純真な少年であつた。

それから五十歳まで私はこのやうな愛に出合つたことはなかつたやうである。」(「全集」第一巻・あとがき)

## 一高へ

そのころの茨木中学には進学希望者は少なかった。卒業後は「郷里の小学校の先生になるか、役場などにつとめるか、家業につくかして、年をとると町村長や助役になる」(大宅壮一)という者が多かった。成績の良いごく少数のものが、「京都の三高」に進学した。そうした雰囲気のなかで川端は「早稲田か慶応の文科へゆくつもり」でいた。しかし、卒業がま近に迫ったころ、その志望は、突如、「受験生にとつて最難関とされ」(杉森久英)ていた第一高等学校に変わった。大正五年十二月三日の日記にはつぎのようにしるされている。

「町には朝露が揺れ揺れ流れてゐて清々《すがすが》しい。時計店はまだ戸がとざされてゐる。いらいらする。起きるまで散歩でもしようと、T村へ通ふ野道に出てみた。河内《かわち》からさつまいもを積んで来る車に出会ふくらゐで、人通りはなかつた。

胸を張つてぐんぐん歩いた。体の底からよろこびが湧いて、心が勇み立つて来る。今朝規則書を請求の手紙を出した一高の入学のことなどを本気に考へた。あんなに早くから三田か早稲田かの文科ときめてゐた私に、突如として帝大が思ひ浮び、一高が思ひ浮んだ。昨夕から急に向陵(＊一高の俗称)へのあこがれが目覚め出した。」(「少年」から)

以後かれの「一高熱」は「益々高まる」(同年十二月七日の日記) 一方であった。

日記にはかれがなぜ突然一高を志望するようになったかという、その理由もしるされている。二学期の成績が発表された日の日記の一節である。

「大正五年十二月十九日。はれ。雪解。

生徒控室に入つて、先づ第一に私の成績を見た。七十五点の八番。四年から五年に進級した時の十番、一学期に下つた十八番より見れば、席次も上つてゐる。学校の成績など馬鹿にしてゐるやうなものの、間抜け顔のつまらぬ奴等が自分の後に座つてゐるのを思ふと屈辱を感ずる。前より二列目の二学期は馬鹿らしかつた。入学試験に首席で一年に入つて以来どんどん席順の下つて来たのは、おれには頭がある、何糞と思つてゐても悲しい。人にはもう認められない。この報復のために一高に入学しなければと今は意地を張つてゐる。

汽車の中でも欠田君（＊作家志望の同級生）に、私が高等学校を志望するやうになつたのは、肉体的にも学力的にも劣者と私を蔑視した教師と生徒への報復の念が主な原因だと言つた。」（「少年」から）

川端は大正六年の春、茨木中学校を卒業した。そしてその「卒業式の翌々日かに」上京して浅草蔵前に住む伯母の家に身を寄せ、七月におこなわれる一高の入学試験にそなえて、「日土講習会、明治大学などの予備校に」通った。また「その間私は、予備校通いの間にしきりに目と鼻の先の浅草へ通つた」（「現代の作家」）。川端の浅草との最初の出会いであった。

同年九月、かれは「悪くない」成績で一高英文科に入学した。同級生には、のちの「文芸時代」の同人、石浜金作や酒井真人、鈴木彦次郎、国文学者の守随憲治らがいた。

茨木中学のころ

入学直後の川端が得た親友は石浜金作であった。ふたりはその青春の日々を、「二身一体の因果者のやうに」過ごした。石浜は作家としては大成しなかったが、そのころの石浜は、「花やかに明るく、当時流行のロシア文学や「白樺」「新思潮」（菊池氏、久米氏、芥川氏等）の作家を語る文学談は、田舎出の私を目覚めさせるところが多かつた」（「文学的自叙伝」）。

一高の三年間を川端は寄宿舎で過ごしたが、その間かれは石浜らと、「浅草オペラ花やかなりし頃」の浅草へよく通った。そのころの川端の姿をのちに石浜はつぎのように描いている。

「一高の一年の頃、浅草の日本館にオペラのさきがけがあつて、河合澄子がポチヤツとした肉体で舞台からキスを投げたりして、当時の風潮では破天荒のエロ騒動を起し、所謂《いわゆる》ペラゴロ連がわんさと押掛けて、君子士人のヒンシユクをかい、一高生の私などは映画見物に行つてその日本館の前を通るのも恥しかつた頃、わが川端少年（？）はちやんと白線のついた正帽をかぶり、袴をつけて朝の十時から恥し気もなく二階特等席の最前列に腰かけて、たつた一人ニコニコと河合澄子の見物に出掛けたものである。一高の中堅会に見つかつたら、夜校庭の鉄拳制裁を受けるところだろう。その彼が僕にあんな面白いものを見に行かないのはどうしてだと、まるで解し兼ねるような顔付で親友の僕をいぶかるのである。まるで聖人君子だ。こつちはそれどころではない、聞いても顔から火が出る思いだつた。

文壇人で第一番に知つたのは三田の南部修太郎氏だつた。これは川端君のいる親戚の家の兄さんが南部氏と同級生のよしみで、川端君は上京第一番に訪ねたのだつた。二度目か三度目に僕も誘われて龍土町の家へ川端君と一緒に行つたが、これは相手が河合澄子でないので僕もかしこまつて同行した。氏の家は有名な龍土軒の横通りにあつて、川端君はその前を通る時に「あれがパンの会のあつた龍土軒だよ、木下杢太郎、小山内薫、吉井勇――」と楽しげにつぶやいて木造の二階の窓を見上げていた。」（「川端君の若い頃」）

川端が浅草へよく通ったのは、羽鳥一英がいうように、ひとつには「浅草のオペラ時代が、学生やインテリをも誘つた、そういう時代の風潮に、若い川端らが、敏感に反応した」からであり、またそれ以上に、うらぶれた芸人や放浪者の住む町である浅草ほど、かれの「天涯放浪の魂を悲しくひきつけるところはなかつた」(「川端康成「浅草もの」をめぐって」) からでもあろう。

浅草でかれがひかれたものに、オペラのほかに、不思議な「曲芸運動」をする支那の少女林金花があり、革命のロシアをのがれてきた音楽師の娘アンナらがあった。のちに川端は、前者については随筆「林金花の憂鬱」でふれ、後者については「大火見物」で回顧している。そしてその後さらにそれらを「浅草紅団《くれないだん》」に挿入している。

## 踊り子

一高に入学したころのかれは、「幼少から、世間並みではなく、不幸に不自然に育って来た私は、そのためにかたくななゆがんだ人間になつて、いぢけた心を小さな殻に閉じ籠らせてゐると信じ、それを苦に病《や》んで」(「少年」) いた。そしてその息苦しさからのがれるように、伊豆への旅に出た。一高二年の秋なかばのことである。その前後を川端は、「湯ケ島での思ひ出」に、

「私は高等学校の寮生活が、一二年の間はひどく嫌《きらい》だつた。中学五年の時の寄宿舎と勝手がちがつたからである。そして、私の幼少年時代が残した精神の病患ばかりが気になつて、自分を憐れむ念と自分を厭《いと》ふ念とに堪へられなかつた。それで伊豆へ行つた。」(「少年」から)

としるしている。この伊豆への旅は、上京後初めての旅らしい旅であった。

かれは修善寺に一泊し、下田街道を湯ケ島に歩く途中、三人の娘旅芸人に行き遇《あ》った。「そして痛く旅情を動かしました」(「ちよ」)。そのころの温泉場には、「かういふ旅芸人が流して歩いてゐた」(「伊豆の踊子・温

泉宿」・あとがき）のである。

湯ケ島に二泊した「私」は、その二日目の夜、宿屋へ流してきた踊り子が「玄関の板敷で踊るのを……梯《はし》子段《ごだん》の中途に腰を下して一心に」（「伊豆の踊子」）見ていた。

そして「一人伊豆の旅に出てから四日目」にあたる日、かれは天城の山道を「一つの期待に胸をときめ」かせながら急いでいた。峠の茶屋についた「私」は、ほっとすると同時に入口で立ちすくんでしまった。期待があまりにも見事に的中したからである。そこに旅芸人の一行が休んでいた。まもなく茶屋を発ったかれらを追ってそこを出た「私」は、「六町と行かないうちに」かれらに追いつき、話し始めた。かれら五人は伊豆大島の者であるといった。

その夜は湯ケ野で一泊、激しい雨のなかを踊り子の打つ太鼓の音が、遠く近く聞こえてきた。翌朝、一行のなかの男が「私」を湯に誘った。

「夜の大雨が美しく晴れ上つた南伊豆の小春日和の朝だ。山川は土色の激しさに溢《あふ》れてゐる。宿屋の内湯にゐる私を川向うの村湯から見つけて、旅芸人の娘が裸のまま川岸へ走り出し両手を高く伸しながら、何か叫んでゐる。その体を日の光が白く染めてゐる。――湯ケ野温泉のことであつた。」（「伊豆温泉記」）

踊り子のそうしたしぐさから、「私」はかの女がまだ子供であることを知った。「伊豆の踊子」のクライマックスともいうべき、踊り子が「手拭《てぬぐい》もない真裸」のままで湯から走り出す場面は、架空のそれではなかったもようである。

その夜湯ケ野に一泊したあと、「私」は一行とともに下田へ向かった。山道で踊り子のいうのが聞こえた。

「『いい人ね。」
「それはさう、いい人らしい。」
「ほんとにいい人ね。いい人はいいね。」

この物言ひは単純で明けつ放しな響きを持つてゐた。感情の傾きをぽいと幼く投げ出して見せた声だつた。私自身にも自分をいい人だと素直に感じることが出来た。晴れ晴れと眼を上げて明るい山々を眺めた。瞼《まぶた》の裏が微かに痛んだ。二十歳の私は自分の性質が孤児根性で歪んでゐると厳しい反省を重ね、その息苦しい憂鬱に堪へ切れないで伊豆の旅に出て来てゐるのだつた。だから、世間尋常の意味で自分がいい人に見えることは、言ひやうなく有難いのだつた。」(「伊豆の踊子」)

「私」は一行とは、その翌日、旅に出てから八日目にあたる日の朝、下田で別れた。

村々の入口には、「――物乞ひ旅芸人村に入るべからず。」(「伊豆の踊子」)としるした立て札が立っていた。かれらはいわば「物乞ひ」と同格の存在であった。そのうえかれらは決して美しくはなかった。「踊子は目と口、また髪や顔の輪郭が不自然なほど綺麗《きれい》なのに、鼻だけはちよぽんといたづらにつけたやうに小さかつた」(「『伊豆の踊子』の映画化に際し」)し、「またその兄というのがひどい梅毒で、一緒に風呂に入るのがいやでたまらなかつたりしたものだ」(「現代の作家」)とは、のちの川端の述懐である。

しかしかれらの善意は、川端を、その不幸な生いたちが残した「精神の病患」から救い出し、解放した。かれはいっている。

「旅情と、また大阪平野の田舎しか知らない私に、伊豆の田舎の風光とが、私の心をゆるめた。そして踊子に会つた。いはゆる旅芸人根性などとは似もつかない、野の匂ひがある正直な好意を私は見せられた。いい人だと、踊子が言つて、兄嫁が肯《うべな》つた一言が、私の心にぽたりと清々しく落ちかかつた。いい人かと思つた。さうだ、いい人だと自分に答へた。平俗な意味での、いい人といふ言葉が、私には明りであつた。湯ケ野から下田まで、自分でもいい人として道づれになれたと思ふ。さうなれたことがうれしかつた。下田の宿の窓敷居でも、汽船の中でも、いい人と踊子に言はれた満足と、いい人と言つた踊子に対する好意とで、こころよい涙を流したのである。今から思へば夢のやうである。幼いことである。」(「少年」)と。

## みち子

川端は大正九年七月、一高を卒業し、同じ月に東京帝国大学文学部英文科に入学したが、その翌年、岐阜に住むみち子(*仮名・「南方の火」では弓子。本名は伊藤初代)という十六歳の少女と婚約した。

みち子は岩手の岩谷堂の生まれで、石浜金作の回想「無常迅速」によれば、東京本郷の小さなカフェ「カフェ・エラン」の養女となり、その後、岐阜の寺にあずけられた少女であった。一高のころの川端は、「酒を飲めもしないのに友人について、カフェや飲食店によく出かけたが」、その一軒にいたかの女を好きになった。かの女は「まだ開ききらない蕾《つぼみ》の身で、細い身体に細い目をして、手を腰にあてて、しなしなと歌劇女優のように身体を振って、自作の即興の歌を口ずさむ」少女であった。川端は休暇で大阪の親類に帰るたびに、「岐阜に下車し、寺に千代子を訪うてその内意を確かめ」ていたという。

大正十年になってまもなく、かれは「新思潮」の同人のひとりの家に友人を呼んで、

「僕はこんど、結婚しようと思うんだが——」

と結婚の意志を披露した。「それは、私にとつて青天の霹靂《へきれき》だつた」(石浜金作)。一同はすぐ、川端の「独身送別会」を開くことに決めたが、

「当の川端は、泣きだしそうな顔をしていた。しかし、彼の場合、それはみんなの顔を見、その胸に喰い込んでゆくような、率直な、投げやりな表情であつた。彼は只、目に涙の浮ぶにまかせていた。それは同時に、自分を皆の前に投げ出して、すべてを皆にまかせるというような、虚《うつ》ろさであつた。」(「無常迅速」)

東大文学部在学中

そしてその年の秋、かれはみち子と婚約しようと岐阜に向かった。岐阜では、同行した友人の「朝倉」(＊仮名)が、みち子を苦心して寺から連れ出した。宿の湯殿に通じる廊下で、「君先き言つてくれよ。」

と、うわずった声でいった「私」に、「朝倉」は、「みち子にはもう言ってあるよ。」と答え、「要するに、君に好意はあるんだが、即答は出来ないと言ふんだ。」（「篝火《かがりび》」）とつづけた。

入浴後、部屋に戻った「私」は、かの女にいった。

「「朝倉さんから聞いてくれたか。」

さつと、みち子の顔の皮膚から命の色が消えた、と見る瞬間に、ほのぼのと血の帰るのが見えて、紅く写つた。……

「それで君はどう思つてくれる。」

「わたくしはなんにも申し上げません。」

「え？」

「わたくしには、申し上げることなんぞございません。貰《もら》つていただければ、わたくしは幸福ですわ。」」（「篝火」）

川面には篝火が点々と浮いていた。黒い鵜《う》が羽ばたく。鵜舟は宿に流れ寄る。「私達は篝火の中に」立っていた。「そして、私は篝火をあかあかと抱いてゐる。焰の映つたみち子の顔をちらちら見てゐる。こんなに美しい顔はみち子の一生に二度とあるまい。」（「篝火」）

大正十年十月八日のことであった。

孤児である「私」には、結婚について相談すべき人もなかった。そんな「私」が空想する結婚は、夫となり妻となることではなかった。「二人が二人とも子供になることだつた。子供心で遊び戯れること」であった。「彼の愛は弓子を子供にするだらう。弓子の愛は彼に子供心を取り戻させるだらう。二十三の彼と十六の弓子とは夫となり妻となるには若過ぎるかもしれないが、子供になるには年とり過ぎてゐるくらゐだ。自分にはないと思つてゐる子供心へのあこがれから、時雄はこれまでも十五六の少女ばかりを恋の相手として思ひ描いてゐた。ところが弓子は十六だ。十六の少女と一緒になれる——これだけでも奇跡のやうに美しい夢だつた。」(「南方の火」)

帰京した「私」は、友人の家を婚約を告げて回った。友人の「朝倉」や石浜、鈴木彦次郎らと、岩谷堂で学校の小使いをしているみち子の実父に、結婚の許可を求めにも行った。面識のあった菊池寛に、「娘を一人引き取ることになつたから」仕事を紹介してほしいと、突然頼みにも行った。「菊池氏はただ娘の年と居所を聞いただけで、なんの批判も加えず、穿鑿《せんさく》も」しなかった。そして、「僕は近く一年の予定で洋行する」から、

「その間君にこの家を貸す、女と二人で住んでればよい、家賃は一年分僕が先払ひしておく、別に毎月君に五十円づつやる……君の小説は雑誌へ紹介するやうに芥川によく頼んでおいてやる」(「文学的自叙伝」)

といい、さらに「今頃から結婚して君が Crushed されなければいいがね。」とつけ加えた。「私」はその夢のような話を呆然《ぼうぜん》と聞いていた。

しかし、まもなく「私」は、みち子から「岐阜、十年十一月七日」という消印のある、つぎのような手紙

を受け取った。

「私は今、あなた様におことわり致したいことがあるのです。私はあなた様とかたくお約束を致しましたが、私には或る非常があるのです。それをどうしてもあなた様にお話しすることが出来ません。私今、このやうなことを申し上げれば、ふしぎにお思ひになるでせう。あなた様はその非常を話してくれと仰しやるでせう。その非常を話すくらゐなら、私は死んだはうがどんなに幸福でせう。

どうか私のやうな者はこの世にゐなかつたとおぼしめして下さいませ。

あなた様が私に今度お手紙を下さいますその時は、私はこの岐阜には居りません、どこかの国で暮らしてゐると思つて下さいませ。

私はあなた様との〇！を一生忘れはいたしません。私はもう失礼いたしませう――。……

お別れいたします。さやうなら。」(「非常」)

かの女との愛は、「結婚の口約束だけ」で終わった。それだけにかれの心の波は強く、長く揺れ動いた。川端は、大正十二年一月二十五日の日記に、「帰りの電車内にて思ふ、みち子に手紙を書かんと。せめてわが心伝へたし。……彼女国に帰りしは、余に寂しさ切なるも、心清き感あり。男に走りしにあらざる故なり。……早くも田舎の人が彼女を恋ふ空想す。何ぞ。何ぞ。翻《ひるがえ》つて思ふ。再び岩谷堂に行かん。毅然としてみち子に思ひ断ちがたきを言はば、落日もかへり、山も動かん。その空想に心をゆだぬ。」(「全集」第四巻・あとがき)と、しるしている。

「「篝火」、「非常」、「霰《あられ》」、「南方の火」の四編は同一の恋愛を扱つた作品である。……

大正十年のことで、私は二十三歳の学生、相手の娘は十六歳、これらの四編に書いた通りで、恋愛と言へるほどのことではなく、事件と言へるほどのことでもなく、「篝火」で十月八日に岐阜で結婚の約束をしてから「非常」の手紙を受け取るまで僅《わず》かに一月、あつけなく、わけもわからずに破れたのだつたが、私の心の波は強かつた。幾年も尾を曳いた。」(「全集」第二巻・あとがき)

とは、川端の回想の一節である。ここでいう四編のほかに、川端はこのみち子とのことおよびみち子のことを、短編「明日の約束」「青い海黒い海」「伊豆の帰り」「父母への手紙」、掌編《しょうへん》「日向《ひなた》」「弱き器」「火に行く彼女」「鋸と出産」などにも書いている。

# 出発

## 第六次新思潮

一高のころの川端は、中学時代同様文学書を愛読した。「最も多く」読んだものは、ドストエフスキイやチェーホフなどのロシア文学であり、日本文学では、志賀直哉と芥川龍之介を「よく読んだ。ことに志賀さんのもの」（「現代の作家」）は、敬服して読んだという。

しかし、一高の三年間を通じて、かれが発表した作品は「ちよ」（一高「校友会雑誌」大八・六）一編である。「ちよ」は、ちよという名をもつ三名の少女にまつわる思い出をつづった短編であり、ここには「「伊豆の踊子」の原型が、すでに一部定着されている」（長谷川泉）が、作品としての価値はあまりない。この作品について川端は、「処女作の祟《たた》り」で、

「一高の「校友会雑誌」に「ちよ」と云ふ小説を出した。これが僕の処女作である。」

とのべている。

大正九年、東大英文科に入学した川端は、その年、石浜や鈴木彦次郎らと同人雑誌「新思潮」の継承刊行を計画した。「新思潮」は東大文科系の人々の同人雑誌として断続的に刊行されてきた雑誌であった。したがってその誌名を受けつぐためには、先輩の了解をうる必要があった。そこでかれらは、第三次と第四次の

「新思潮」の同人であった、「当時の売れっ子」作家菊池寛をまずたずねた。

「「新思潮」は第一次から一高英文科（一部乙とも文科とも言った。）の出身者の同人雑誌といふ伝統があったので、これを継承するには先輩作家達の了諾を得なければならなかつた。私達は先づ菊池さんを訪ねた。大正九年の末であつたらう。この時初めて私は菊池さんに会つた。

菊池さんは私達の「新思潮」に望外の厚意を示して、久米（＊正雄）、芥川（＊龍之介）などには自分から伝達しておくとのことであつた。むづかしく考へてゐた「新思潮」の継承が菊池さん一人で至極あつさりすんで、むしろあつけないほどであつた。」（「全集」第二巻・あとがき）

川端や石浜の回想によれば、「新思潮」の継承刊行は、菊池の好意により「至極あつさり」と認められたもののようであるが、今東光は、その間にはつぎのようないきさつがあったとしるしている。

「これは鈴木だつたか石浜だつたかから聞いた話だが、川端が菊池寛のところで「新思潮」を継承したらどうかとすすめられた時に、談たまたま同人に及んだ時、僕の名を挙げると菊池寛は

「彼奴は不良少年じやないか。それに一高も大学も出てやしないじやないか。あれは止したまえ」

と忠告すると川端は僕との交情を縷々《るる》と述べて

「あれを入れない位なら、僕も入りません」

と言い切つたので、さしもの菊池寛も承認して呉れたということだつた。」（「東光金蘭帖」）

そのころの今東光は、菊池寛がいっているように、中学を放校になったままで止めてしまった「不良少

年」であった。かれは家族とともに本郷西片町に住んでいたが、一高のころの川端は、寄宿舎からよくその家に遊びに行った。そこでの川端は、東光の母親から「康さん」と呼ばれて、生みの子東光よりもかわいがられたという。川端が菊池にむかって、「あれを入れない位なら、僕も入りません」といい切ったのは、友人今の才能を買っていたこともあろうが、むしろそうした人間的なつながりをたいせつにしたかったからであろう。

川端、石浜、鈴木、今、酒井真人の五名を同人とする第六次「新思潮」の創刊号は、翌大正十年二月刊行された。川端は、この創刊号に短編「ある婚約」を発表した。以下かれは、同年四月発行の二号には「招魂祭一景」を、七月発行の三号には「油」を、翌十一年三月発行の四号には「一節」を発表したが、「浅草の帽子修繕屋の二階で一夜」で書いた短編「招魂祭一景」が、「実に思ひがけない」反響をよんだ。「招魂祭一景」は、靖国神社の招魂祭にかかった曲馬団の寸景を、十七歳の曲馬娘「お光」を主人公として描いた作品であるが、菊池寛は、「ヴイジユアリゼイシヨン（＊目に見えるようにありありと表現すること）の力を殊に褒《ほ》めて下さつた」し、「時事新報」は紙上で、「今度の新思潮では川端康成氏が一番見込みあるやうだとの説がある。『招魂祭一景』などやはり一番傑《すぐ》れてゐると二三の人が語つた」（「全集」第二巻・あとがき）と紹介した。そのころの川端の日記によれば、この作品を「多少とも賞讃せる文壇人」に、つぎのような人々があった。

「菊池寛氏、久米正雄氏、水守亀之助氏、加藤武雄氏（秀才文壇誌上）、南部修太郎氏、中村星湖氏、小島政二郎氏、佐佐木茂索氏、加島正之助氏、万朝氏――。」

「招魂祭一景」は、「私が初めて文壇の話題に上つた作品」であった。その好評の背後には、川端がいうように、菊池寛の尽力があったのだが、それはともかく、この作品の成功によってかれは、「原稿を売る手がかり」を与えられた。その前後について川端は、のちにつぎのようにしるしている。

「……「招魂祭一景」程度の小品、学生の同人雑誌の作品が、そのころはこのやうに反響を与へられたのであつた。後年の文壇では信じ難いであらう。私はこのやうな反響のお蔭で、その年から文章が売れ始めたのである。水守亀之助氏の好意によつて「新潮」の大正十年十二月号に「南部氏の作風」（作品集「湖水の上」の新刊批評）を書いて十円貰《もら》つたのが最初の原稿料である。加藤武雄氏の好意によつて「文章倶楽部」の大正十一年一月号と二月号とにゴルスワアジイとチエホフとの小品翻訳を出した。佐佐木茂索氏の好意で大正十一年二月の時事新報に「今月の創作集」を八回書いた。文芸時評、作品批評を長年書き続ける端緒となつた。」（「全集」第二巻・あとがき）

## 関東大震災

東大のころの川端は、教室にはほとんど出ない怠惰な学生であった。「一年目は一課目の試験も」受けず、単位も取らなかった。そして二年目の大正十年、英文科から国文科に転じた。転科したのは、「市河三喜先生の英語学が厄介で」、出席もやかましかったからであるという。したがってかれは、大学に「一年よけい」にいた。卒業論文は、主任教授の藤村作《つくる》に、「ハシガキはよく出来ているが、本文はどうもね。」などと評された、「日本小説史小論」であった。

国文科に転科した年の初冬、川端は菊池寛の紹介で横光利一を知った。そのころの横光は、まだ無名の文学青年であった。初対面の横光の印象を、のちに川端は「文学的自叙伝」につぎのようにしるしている。

「横光氏に初めて紹介されたのも、菊池氏の中富坂の家であつた。夕方三人で家を出て本郷弓町の江知勝《えちかつ》で牛鍋の御馳走になつたのを覚えてゐる。横光氏はどういふわけか殆ど箸《はし》を持たなかつた。また小説の構想を話しながら声高に熱して来て、つかつかと道端のショウ・ウインドオに歩み寄ると、そのガラスが病院の部屋の壁であるかのやうに、病人が壁添ひに倒れ落ちる身真似をした。この二つは第一印象である。さういふ横光氏の話し振りには、激しく強い純潔な凄気があつた。横光氏が先きへ帰ると、あれはえらい男だから友達になれと、菊池氏が言つた。」

川端の横光との初対面は、大正九年のことであったという説もあるが、それはともかく、ふたりの親交はこうして始まった。それからの横光は、「常に僕の心の無二の友人」(「弔辞」)であった。

この横光や佐々木味津三らとともに川端は、大正十二年二月、菊池寛の主宰する「文芸春秋」に「編輯《へんしゅう》同人」として加えられた。前月一月に創刊された「文芸春秋」は、そのころはまだ同人制をしいていた。その創刊号に「林金花の憂鬱」を発表した川端は、この年九月の大震災までの間に、「精霊祭」(四月号)、「会葬の名人」(五月号・*のち「葬式の名人」と改題)、「文芸春秋の作家」(八月号)などの作品を同誌上に発表している。

大正十二年九月一日、関東地方に空前の大地震が発生した。関東大震災である。東京を中心に、死傷者二十万人、倒壊家屋七十万戸という大きな被害をもたらしたそれは、「日本の国民にとつては、世界の大戦に匹敵したほどの大きな影響」（横光利一）を与えた事件であった。その影響は、「文壇人士」にも無論およんだ。震災直後に芥川龍之介は、「災害の大きかつただけにこんどの大地震は、我我作家の心にも大きな動揺を与へた。我我ははげしい愛や憎しみや憐《あわれ》みや、不安を経験した」（「震災の文芸に与ふる影響」）といい、菊池寛は、「地震火事頻発の数日間は、芸術などは人間の意識からスッ飛んでしまつてゐた。……芸術は、何と云つても平時の花だ。危急存在の時には、無用の長物だ。生活第一、芸術第二、第三だ。

地震から受けたほどのショック感動に比べると、芸術品から受くる感銘などは煙の如くあはいものだ。」

（「文芸春秋」）

とのべている。こうした体験談からもうかがえるように、感想は千差万別であるけれども、当時の文壇人は「史上空前の大惨劇」に、一様に「激しい衝撃」を受けた。しかし、川端の震災体験談は「文壇人士」のそれとはかなりニュアンスがちがう。

駒込千駄木町のしろうと下宿で最初の「大揺れ」にあった川端は、まず「篝火《かがりび》」の少女「みち子」をはげしく思った。それからの毎日、かれは「水とビスケットを携帯」（「文学的自叙伝」）し、「幾万の逃げ惑ふ避難民の中に、ただ一人みち子を鋭く目捜《めさが》し」（「全集」第四巻・あとがき）ながら、「市内をほっき」歩いた。その間にかれは「浅草の死体収容所と吉原と被服廠《ひふくしょう》と大河とで……幾百幾千或は幾万の死体」を見たが、それらのなかで、「最も心を刺されたのは、出産と同時に死んだ母子の死体であつた」。そして瓦礫《がれき》と累積する死体のなかを、つぎのような空想にふけりながら歩いたという。

「母が死んで子供だけが生きて生れる。人に救はれる。美しく健かに生長す。そして、私は死体の臭気のなかを歩きながらその子が恋をすることを考へた。」(「大火見物」)

こうした川端の震災体験談には、虚弱な体質を受けついで生まれ、自他の死の影におびえながら育った異常な生いたちと、失恋による傷のいたみとが反映している。そしてまた、母は死んでも子は育つ、さらにその子が恋をするという、死臭ただようなかでの空想からは、川端のいわゆる輪廻《りんね》転生思想への傾斜も、わずかではあるが感じとれる。かれは幼いころから肉親とつぎつぎに死別したことから、東洋風な神秘思想に親しみがちであったが、それは震災にともなう大量の死に遭遇したことを契機として、いっそう深まったもののようである。

## 新しい機運

川端は大正十三年春東大を卒業した。当時の大学の就学年限は三年であったが、入学して二年目に英文科から国文科に転じたかれは、大学に四年いた。四年目は「学資の仕送りを断り、自活した。菊池の扶助は受けたが、文芸時評などの執筆が、今いふアルバイトになつたわけだ」と、のちに川端は「年譜」にしるしているが、「仕送りを断り、自活した」というくだりは、どうやら事実に反するもようである。「四年目の卒業もあやふかつた」が、ともかく大学は卒業した。しかし、かれは就職は希望しなかった。

そのころ、文壇の内外では、私小説や心境小説によって代表される「静的リアリズム」を否定し、克服しようとする動きが台頭し始めていた。当時の新興芸術運動には、およそふたつの流れがあった。そのひとつは、第一次世界大戦後の激化した労働運動や革命運動と結びつき、「革命の芸術・革命の文学」をめざしたプロレタリア芸術運動であり、他のひとつは、これも大戦を契機としてヨーロッパに興ったダダイズム、表現派、未来派等の影響下に、「芸術の革命」をめざしたアヴァンギャルド（前衛芸術）の運動であった。

「文芸春秋」系の新進作家たちも、既成作家の方法は否定していた。またかれらは、プロレタリア文学にも反対であった。そのころのかれらの見解は、「文芸春秋」の創刊号に掲載された横光の、「階級文学の提称は、最早や文学の世界にあつては時代錯誤である」（「時代は放蕩する」）という主張に集約されていよう。しかし川端は、プロレタリア文学に対し、横光や菊池寛のような挑戦的な姿勢は示さず、かなり柔軟な態度でのぞんでいた。かれは大正十二年八月の「新潮」誌上で、当時の無産派文芸運動の理論的指導者青野季吉の月評（＊文芸時評）にふれながら、つぎのようにのべている。

「青野氏は、氏の抱懐する芸術観とそれに伴ふ新鋭な精神とで、何故もつと熱意ある否定の態度に立たなかつたのであらうか。現文壇を否定することは、敢てプロレタリアの立場に拠《よ》らなくとも、容易なことである。しかし新しい精神だけでは、新しい文芸は起らない。プロレタリア文芸の不振なのは、その派の作家の表現に対する鈍感と、自分の観照に対する反省と考察とが欠けてゐるからである。だから新鮮でないのだ。その派の批評家の罪ではない。プロレタリアの評論家は、たとへ次の時代の文壇の新進作家の多くが、彼等の敵視してゐる所謂《いわゆる》芸術派の人々であらうとも、彼等にいい刺戟《しげき》と反省とを与へた栄誉は担《にな》ふべきである。」（「最近の批評と創作」）

プロレタリア文学そのものを否定し、排撃しようとはしなかった当時の川端の姿勢は、この一節からもうかがえよう。プロレタリア文学とマルクス主義に対するかれの見解は、世界観としてのマルクス主義は正しいものとしてみとめるけれども、ただ、「知識階級の人々は社会観や世界観の外に人生観とか生活観とか云ふものを知つてゐる。新しい文芸の開拓すべき方面は、ここにあると私は考へてゐる」（「文壇的文学論」）というものであった。のちに川端は、そのころを回想してつぎのように語っている。

「私が文壇に出た直後は、例のプロレタリア文学の勃興で、純文学派はみんなひどく攻撃されていたものだが、私は不思議とあまりやられなかつた。横光君がもつぱら矢面《やおもて》に立つてくれたせいかもしれぬ。もつとも私の方にも、プロレタリア文学と闘う気持はなかつたし、それに月評にはプロレタリア文学もちやんと取り上げて、案外褒《ほ》めていたからかもしれぬ。むろん私自身は、プロ作家になれそうな気もしなかつたし、といつて菊池さんなどと一緒になつて、プロ文学をやつつけようともしなかつた。」（「現代の作家」）

そのころの川端にとって、当面の敵はプロレタリア文学運動ではなかった。「旧態依然たる」既成作家であった。かれの既成作家、既成文壇へのあからさまな挑戦は、大家、中堅作家を網羅して文壇に君臨していた「新潮」合評会を、「合評会の言説は同業者仲間の親愛な挨拶に近い。印象批評と軽い鑑賞批評が行はれ勝ちである。単なる印象批評と鑑賞批評は文芸を向上せしめるものではない」(「合評会諸氏に」大12・11)と評し、文壇常識を一歩も出ないかれらは「新鮮なものに席を譲るべき」だ、と断じたことから始まった。そしてそれはまもなく、既成文壇等は「敵ではない」と極言するまでにいたった。このころから昭和初頭にかけての川端は、作家としてはもとより、既成文壇の打倒、新しき文芸の創造を標榜《ひょうぼう》する気鋭の評論家として注目すべき活躍をしている。

既成作家、既成文壇に対するこうした川端の挑戦的な姿勢は、アヴァンギャルドの運動の伝統破壊、旧物否定の精神から触発されたものであったらしい。当時、表現派やダダイズムの紹介を精力的につづけていた友人北村喜八と会った日の日記に、川端はつぎのようにしるしているが、ここからもその一端はうかがえよう。

「大正十二年一月三日
本郷通に廻り、喫茶店白十字に寄れば、北村喜八と高橋喜一あり。同卓につき話す。……喜八の下宿に寄り、表現派、ダダの話。独逸《ドイツ》新画集見せらる。思ひ切つた裸体画あり。文壇の話。喜八、打明け話をする時の如き親しみを現はす。……喜八と話し、新表現と新精神の創造を思ふ。一転して新境を拓《ひら》くべし。岐阜一件の如き早く書き終へ、やがて新しき方に向ひたし。」(「全集」第四巻・あとがき)

## 文芸時代の創刊

同人雑誌「文芸時代」の創刊号が、東京神田の金星堂から刊行されたのは大正十三年十月のことであった。「文芸時代」は、同人制をしいていたが、「無名作家が文壇に出るための」いわゆる同人雑誌ではなかった。当時すでに新進作家としてみとめられていた新人たちが、既成文壇に対し「自分たちの存在を一層はつきりさせ」ようと、「大同団結」して創刊した雑誌であった。

ところで、川端は、この雑誌の「主動者」ではあったが、「発案者」ではなかった。同人菅忠雄の回想によれば、発案者は「僕と今東光と石浜金作の三人」であった。この三人が話しあって新しい同人雑誌の創刊を決定したのは、大正十三年の「確か七月頃」のことであった。以後この決定は、川端、横光、片岡鉄兵らをまじえてしだいに具体化されていった。かれらは同人を選考し、勧誘した。同人には、「インテリのマルクシズムに対する」(片岡鉄兵) 抵抗意識を持った者が、多く選ばれ、加わった。そのほか、編集には同人が輪《りん》番《ばん》であたること、創刊時の編集は川端と片岡が担当することなどが決まった。そしてまもなく開かれた第一回の同人会で、誌名も川端の提唱により、「文芸時代」と決まった。

「文芸時代」創刊号

その創刊号に同人として名をつらねたのは、前記の六名のほかに、鈴木彦次郎、中河与一、佐佐木茂索、佐々木味津三、十一谷義三郎、加宮貴一、伊藤貴麿《たかまろ》、諏訪三郎の十四名であったが、かれらはすべて「文芸春秋」の「編輯同人」や寄稿家として、菊池寛から「多大の恩恵を受けて」きていた。それだけにかれらは、新しい同人雑誌を出すことが「菊池師」を傷つけることになりはしないか、と「ずゐぶん心を」砕かなければならなかった。

かれらはあらかじめ、菊池寛のところへ了解を求めにもいった。

「文芸時代」の同人たち——右から
菅，川端，石浜，中河，池谷

菊池はその件については了解したが、同年九月の「文芸春秋」に、本誌は同人雑誌ではなかったが同人があった。しかし、同人中には「殆ど執筆せずして、有名無実になつたものもあるし、「文芸春秋」の編集が従来とも同人本位ではないのだから、今後は同人は誰々だと指定しない」と書いて、「同人をずばりと解散し」(今東光) た。菊池や横光の当時の発言によれば、それは菊池の「文芸時代」の創刊を了解しての処置だった、ということである。しかし、翌十月の「文芸春秋」には、「新進作家の団結云々《うんぬん》の如き、創作丈《だけ》では出られない故、一緒になつて騒いで見るといふ以外に、多くの意義ありや。気力の薄弱と自信の少きを示すことにならねば幸《こう》甚《じん》也《なり》」(「文芸春秋」) などという、「文芸時代」の創刊を揶揄《やゆ》する記事が載り、以後の誌上でも、同様な「やにツこい筆つき」での揶揄ないし誹謗《ひぼう》が執拗《しつよう》にくり返されている。それらはつまり、「文芸時代」の創刊をめぐって菊池寛と新進作家たちとの間に、「極めて微妙な関係」があったことを示していよう。当時川端が、「菊池寛氏と私達との関係に就ていろんな取沙汰をする」世間に対し、「その多くが浮説である。臆惻である。誤解である」(『文芸時代』と『文芸春秋』に)などと、「読売新聞」紙上に書いたのも、菊池との関係の悪化を憂慮してのことであった。

「文芸時代」に結集した新進作家たちが、恩師菊池寛との間に生じた「微妙な関係」に苦しみながらも、新しい雑誌の創刊にまで進みでたことは、自分たちの雑誌をもとうとするかれらの意欲がきわめて強かったことを示していよう。そしてその意欲は、新しい文芸を創造しようとする欲求と密着していた。「文芸時代」創刊号の「創刊の辞」で川端はいっている。

「新しい生活と新しい文芸――これが易々《やすやす》と会得し体得出来るものならば、我々は何も苦労はしない。改めて云ふまでもなく、この『文芸時代』はその問題に対する我々の応答である。」

と。そしてさらに、文壇に芽ばえた新しい機運と新進作家の果たすべき役割にふれながら、つぎのように主張している。

「今日の文壇では既成新進の対立と云ふ言葉が常識になつてしまつたと云つていいであらう。我々はそれを見て徒《いたず》らに快哉《かいさい》を叫び、脚のない踊子の踊りのやうな姿で既成文壇に石を投げやうとするのではない。寧《むし》ろさうなることを恐れるのである。しかしながら、この常識は単なる文壇の喧騒で賑かに飾られてゐるばかりでなく、そこに何かの根強い要求が呼んだ機運が動いてゐることを、我々は感じるのである。その機運に対して、新進作家である我々が責任を感じるのは、当然過ぎることである。一輪の薔薇《ばら》の花束は人目に知られないかも知れない。しかし、それと同じ遠さにあつても、薔薇の花束は人の目を見開かせるであらう。我々のこの雑誌は文芸界の機運を動かさうとする我々が新しい時代の精神に贈る花束である。……

我々の責務は文壇に於ける文芸を新しくし、更に進んで、人生に於ける文芸を、或は芸術意識を本源的に、新しくすることであらねばならない。」

同人すべてがこのような抱負を抱いていたとはいえないが、「文芸時代」の創刊は、川端にとっては、文芸と芸術意識を「本源的に」新しくしようという、以前からの主張のひとつの結実だったのである。それはまた、そうしたかれの使命感を激しく鼓舞すると同時に、内面に充足感をもたらした。川端は大正十三年を回顧して、「文芸時代」の同年十二月号につぎのように書いている。

「後半期は『文芸時代』の仕事をしてゐたので、絶えず気持に活気があつた。この仕事は自分のためにもなかなか有意義であつたと思つてゐる。……文学史上に画時代的な使命をこの雑誌に果さしめずにはおかない覚悟である。

今年は私一個としても自信が出来たし、『文芸時代』が出たために団体的な自信も強くなつた。自分の価値と云ふものが少しづつ私に明らかになり始めた。従来とは異つた目標がおぼろげながら見え初めて来た。関心すべきことと関心すべからざることとの区別がはつきり感じられて来た。」(「文芸時代」)

## 新感覚派

「文芸時代」は、すでにくり返し指摘されているように、「特定の理論や主義主張」を掲げて創刊された雑誌ではなかった。その同人の資質や傾向は、実にさまざまであった。ところが創刊の翌月、評論家の千葉亀雄が「世紀」誌上で、「文芸時代」派の人々の「大体の傾向」を評して、感覚と技巧の重視を指摘し、「新感覚派の誕生」と肯定的にのべたことから、かれらは新感覚派という名称で概括されることになった。同人のなかには、「既成作家との対立をハッキリ」させるために、「千葉さんの命名を甘んじて頂戴《ちょうだい》した」(片岡鉄兵)ものもあったし、「文芸時代」の誌面が新感覚派風な作品や解説にさかれることが多かったから、この雑誌が「新感覚派の機関誌」と目されたのも、あながち理由のないことではない。しかし、川端もいっているように、同人の「悉《ことごと》くが新感覚主義者で」(「新感覚派の弁」)あったわけではない。その同人のなかで新感覚派として数えられるのは、横光、川端、今、中河、片岡ほかの数名にしかすぎないのである。

「「文芸時代」のころには私も新感覚派について多少弁じたけれども、文学論としては取るに足りないもののやうである。文学運動の一翼となり得るほどの言葉ではなかつた」(「全集」第九巻・あとがき)とは、川端の回想の一節であるが、川端にかぎらず、新感覚派の人々は、その運動の支柱となりうるほどの体系的な理論をもつにはいたらなかった。新感覚派が「理論不在の文学運動」と評されるゆえんである。けれども、この派の人々に評論活動がなかったわけではない。片岡は、「文芸時代」の創刊号に掲載され、新感覚派の代表作として注目された横光の「頭ならびに腹」の論難者に答えて、「若き読者に訴ふ」を書き、横光には、新感覚派を規定して、「未来派、立体派、表現派、ダダイズム、象徴派、構成派、如実派のある一部、これらは総て自分は新感覚派に属するものとして認めてゐる」とのべた、「感覚活動」があった。川端にも評論「新進作家の新傾向解説」(「文芸時代」・大14・1)がある。

東北講演旅行――右から池谷，横光，片岡，川端，菊池

「新進作家の新傾向解説」は、「一　新文芸勃興」「二　新しい感覚」「三　表現主義的認識論」「四　ダダ主義的発想法」の四節からなる未完の論文である。ここで川端はまず、新進作家のもっている新しさを理解することが、「新しい時代の文芸の王国へ入国を許されるために必要な、唯一つの旅行券である」としるしたあと、「新感覚主義」者のものの感じ方および表現方法と従来のそれとのちがいを説明して、つぎのようにのべている。

「例へば、砂糖は甘い。従来では、この甘いと云ふことを、舌から一度頭に持つて行つて頭で『甘い』と書いた。ところが、今は舌で『甘い』と書く。またこれまでは、眼と薔薇とを二つのものとして『私の眼は赤い薔薇を見た』と書いたとすれば、新進作家は眼と薔薇とを一つにして、『私の眼が赤い薔薇だ。』と書く。理論的に説明しないと分らないかもしれないが、まあこんな風な表現の気持が、物の感じ方となり、生活のし方となるのである。」（「新しい感覚」）

つぎにこの論文の中核をなす「表現主義的認識論」では、そうした「新主観主義的表現」の「最も著しいのがドイツの表現主義である」とのべたあと、さらに語をついで、

「自分があるので天地万物が存在する、自分の主観の内に天地万物がある、と云ふ気持で物を見るのは、主観の力を強調することであり、主観絶対性を信仰することである。ここに新しい喜びがある。また、天地万物の内に主観があると云ふ気持で物を見るのは、主観の拡大であり、主観を自由に流動させることである。そして、この考へ方を進展させると、自他一如となり、万物一如となつて、天地万物は全ての境界を失つて一つの精神に融和した一元の世界となる。また一方、万物の内に主観を流入することは、万物が精霊を持つてゐると云ふ考へ、云ひ換へると多元的な万有霊魂説になる。ここに新しい救ひがある。この二つは、東洋の古い主観主義となり、客観主義となる。かう云ふ気持で物を書現さうとするのが、今日の新進作家の表現の態度である。他の人はどうか知らないが、私はさうである。」

とのべている。また「ダダ主義的発想法」では、ダダイズムの芸術から、「主観的な、直感的な、新しい表現が導き出さるべき暗示を見出す」とものべている。川端のアヴァンギャルドの芸術理論の受け入れ方には、たとえばドイツ表現派にひとつの傾向としてみられた東洋的世界、神秘的世界への傾斜を、自らの資質や思想にひきつけて、主観主義的芸術運動の基調として位置づけていることからもうかがえるように、恣意《しい》性がめだつ。しかし、ここでかれは、新感覚派の主観的な表現と発想法のよりどころを、「理論的」に、ほ

ぼ明らかにしている。それは「特定の理論や主義主張」もないままに出発した新感覚派にあっては、その「新主観主義的表現」の「理論的根拠」を詳説した、最初の論考であった。したがってこの論文は、新感覚派の人々の創作方法や運動の方向を、ある程度規定することにもなった。「新進作家の新傾向解説」は、「「文芸時代」のころには私も新感覚派について多少弁じたけれども、……文学運動の一翼となり得るほどの言葉ではなかつた」という川端の回想とはうらはらに、横光の「感覚活動」とならぶ新感覚派の主導的論文であったのである。

そのころの川端は、自らは掌《たなごころ》の小説とも掌編小説ともよんでいる、「極めて短い形式の短編」小説を、数多く発表している。「短編集」(「文芸時代」大13・12)や「第二短編集」(「文芸時代」大14・11)などは、この掌の小説集である。「四百字づめの原稿用紙にして二枚乃至十枚程度」という川端の掌の小説は、フランス帰りの新進作家岡田三郎によって紹介され、提唱されたコント運動に「みちびき出されたところが多い」ものであるが、掌の小説とコントは同じものではない。そのちがいを説明して川端は「掌編小説の流行」で、「コントには主題の打ちどころ、材料の取扱ひ方、手法なぞに少々条件がある」が、掌の小説には、長編の一部分ではなく、また小品文ではない短編ということのほかは、「何等の条件を設けないがいい」とのべている。掌の小説とは、つまりかたちはコントに似て、コントほど制約の多くない短編小説のことである。川端は以前からこうした「極めて短い形式の短編」小説を書いてきたが、このコントから掌の小説へという過程にも、かれの海外の文物の受け入れ方の独自性は発揮されている。

かれはまた、掌の小説のようなきわめて短い形式の小説が流行することによって、小説創作の喜びが一般化し、「そして、遂に掌編小説が日本特殊の発達をし、且《かつ》和歌や俳句や川柳のやうに一般市井人《しせいじん》の手によつて無数に制作される」（「掌編小説の流行」）日のくることを、「夢」みてもいる。ここに明らかなように、掌の小説には、いわば実験としての意味もこめられていたのである。川端の処女創作集「感情装飾」（大15・6）、第三短編集「僕の標本室」（昭5・4）などは、この掌の小説集である。

## 伊豆湯ケ島

「新進作家の新傾向解説」を書き、数多くの掌の小説を発表した大正十四年を、川端は「正月からほとんど一年」、伊豆湯ケ島で過ごした。雑誌「新潮」からこの年の感想を求められたかれは、

「今年は殆ど一年中伊豆にゐましたから、時間もあり落着いてもゐたのですが、矢張り思ふやうに仕事は出来ませんでした。

唯、これまでよりも割合沢山書いた点だけでは、創作の第一年と云へます。」（「第一年」）

と答えている。

翌十五年も、そのほとんどをかれはこの山麓の温泉場ですごした。旅芸人の一行と天城峠を越えた大正七年の秋以来、かれは湯ケ島の湯本館に「毎年二度か三度は欠かさず」きていた。大正十一年、二十三歳の川端は、湯ケ島への愛着をつぎのようにしるしている。

「私は伊豆にも思ひ出を懐いてゐる。思ひ出であれば、感傷もいい。この湯ケ島は今の私に第二の故郷と思はれる。私はしばしば東京からここ天城山の北麓にはしる。そのある秋は、跛者《びっこ》になつてしまふのではないかと憂へながら足の病ひで、そのある冬は、人の不可解な裏切りに遭《あ》つて潰えやうとする心を辛《かろ》うじて支へてだつた。ひきよせられるのは郷愁と異らない。」（「湯ケ島での思ひ出」）

文中の「そのある秋は」以下のくだりは、医者にすすめられて神経痛かリウマチかの湯治をした大正八年秋のことである。また、「そのある冬は、人の不可解な裏切に遭つて」云々《うんぬん》は、大正十年におこった「篝火」の少女「みち子」との一件をさしている。けれどもここで川端のいう「郷愁」が、どのようなものであったかははっきりしない。しかし、そこには、この「みち子」とのことで受けた心の傷を、踊り子との淡い想い出によっていやそうとする気持ちがはたらいていたであろうことは、よういに推測されよう。川端はこの地で大正十一年、「伊豆の踊子」の原型「湯ケ島での思ひ出」を書いている。

「いつも多少の生活の痛み」を内に秘め、「郷愁の矢心」に誘われて、湯ケ島にはしるかれを、「宿の人人」はあたたかく迎えるのがつねであった。湯ケ島から上京した日、大正十五年三月三十一日の日記に、川端はつぎのように書いている。

「一人息子に別るる如しと、宿の老母言ひぬ。僕とても、古里を出でて都に上る少年の如き気持なり。一年以上何くれとなく身の廻りの世話をしてくれし人に心なく別れ得べきや。月明らかなる夜更け、一人温泉に浸りて谷川を聞けば、いつとはなく泣きじやくりて涙止まらず。谷川に河鹿《かじか》の鳴く日程近きを思ひ、

去年の春を思ふ。」(「全集」第六巻・あとがき)

そのころの湯ケ島は、川端が湯本館を「理想郷のやうに言つては」、多くの友人知人を招いたことから、「若い作家、詩人たちのメッカのやうな観を呈して」いた。かれの友人では、「尾崎士郎宇野千代両君夫妻」、池谷信三郎、石浜金作、今東光、岸田国士、中河与一らがここに遊んだ。川端の林房雄との交際が始まったのもこのころのことである。湯ケ島での川端の動静を、林は「文学的回想」で、つぎのように伝えている。

「川端さんは夜中に原稿を書き、昼間は碁をうつたり、花札をひいたりしてゐた。碁の相手は湯ケ島の郵便局長さんで、……花札は料理番や女中まで駆り集めてときどき開帳された。」

しかし、湯ケ島での川端の日々が、それほどのんびりしたものであったとも思われない。そのころのかれは、自らの内にひそむ孤児の感情や失恋による傷を克服するみちを、かなり真剣に求めていたと思われるからである。そのことは、「私はこの半年田舎の温泉で何をしてゐたのだらう。吉奈温泉へ通つて球を撞《つ》いてゐた。死後の生存と云つた風のことをいろいろ考へてゐた」(「初秋通信」)などという、当時のかれの述懐からもある程度うかがえよう。以前からのかれの東洋の神秘思想や西欧の心霊科学への傾斜がいっそう強まり、かれの内でひとつの思想として定着されたのも、このころのことであったようである。

「昭和元年の大晦日《みそか》」には、梶井基次郎が湯本館に川端を訪ねた。そのころの梶井は、まだ同人雑誌の作家であったが、川端文学に深く傾倒していた。それからの梶井は、昭和二年の四月に川端が上京するまで、

「始終私の宿へ遊びに来た。夜半までゐることも多かつた」（「梶井基次郎」）。その間に梶井は、川端の第二短編集「伊豆の踊子」の校正刷りを、「静かに、注意深く、楽しげに」見てくれた。「梶井君は、大晦日の日から湯ケ島へ来てゐる。「伊豆の踊子」の校正ではずいぶん厄介をかけた。「十六歳の日記」を入れることが出来たのは梶井君のお蔭である。私自身が忘れてゐた作を梶井君が思ひ出させてくれた。……梶井君は底知れない程人のいい親切さと、懐しく深い人柄を持つてゐる。植物や動物の頓狂な話を私はよく同君と取り交した」とは、昭和二年五月に発表された川端の「『伊豆の踊子』の装幀その他」の一節である。

「十六歳の日記」は、大正十四年八月と九月の「文芸春秋」に、「伊豆の踊子」は翌十五年一月と二月の「文芸時代」に、それぞれ連載された作品であるが、前述したようにともに旧稿に手を加えたものであった。したがってこの二作には、新感覚派風な文飾の跡などはほとんどみられない。それは、横光の「静かなる羅列」や「ナポレオンと田虫」のような趣向をこらした表現と即物的な唯物史観をもりこんだ「人間不在の文学」が、新感覚派の代表作として脚光をあびていたころのことである。そうした風潮のもとで川端は、なぜこのような「新感覚派らしからぬ」作品を発表したのか。その点については疑問が残るが、あるいはかれはこのような作品を発表することによって、技巧と観念の世界への傾斜をきわだたせていた新感覚派に対する、無言の批判を試みたのかもしれない。

湯ケ島およびその周辺に取材した川端の作品に、短編「伊豆の踊子」「白い満月」「春景色」「温泉宿」、掌編「お信地蔵」「髪」「胡頽子《ぐみ》盗人」「冬近し」「処女の祈り」「滑り岩」「玉台」「有難う」「夏の靴」などがある。

なお川端は大正十五年には、横光や片岡、映画監督衣笠貞之助らと新感覚派映画連盟を結成し、同映画連盟制作の表現派風映画「狂った一頁」のシナリオを書いている。

# 非情

## 不振

昭和二年四月五日、上野精養軒で行なわれた横光の結婚披露宴に出席するため上京した川端は、ふたたび湯ケ島へは戻らなかった。そしてまもなく東京府下杉並町馬橋の小さな借家に落ちついた。その前後をかれは、「上京記」につぎのように書いている。

「四月五日。七ケ月振りで伊豆湯ケ島より上京。上野精養軒、横光の披露宴。国府津あたりの渚の小豆《あづき》色《いろ》、春なり。……

七日。金星堂東野君と阿佐ケ谷に行き、横光も一緒に家を捜して貰ふ。その帰り里道を行けば果しなし。雨に濡れる。道を間違へしなり。僕気の毒と思へど、横光は村道の雨の風情《ふぜい》を愛す。……

九日。文芸春秋社に預かつて貰つてゐた荷物を送り、……ホテルを引き払ひ、東京駅に待ち、新居に行く。夕闇の門口に白き花弁点々。昏々と眠る。」

そのころの川端は、新進作家ならびに評論家としてすでに文壇にゆるぎない地位をきずいていた。けれどもその私生活は、「私が高円寺に世帯を持つた初めは、机さへなくて、ビイルの空箱の上で原稿を書いてゐた。食器なども畳へぢかに竝《なら》べてゐた」(「四つの机」)。「インクも買へなくて、壜の底に一分ほど残つたインクを、大和糊の蓋《ふた》へあけて、ペンを寝させて潤しながら」書き、「私の文章の出てゐる雑誌が郵便で着くと、早速古雑誌屋へ二十銭で売つて」（「全集」第十二巻・あとがき）、煙草を一箱買う、といったふうのものであった。こうしたかれの日々の過ごしかたは、無論収入の多寡によるものではなかった。それは、その生いたちがつちかった現世放棄的な諦念を核とする濫費癖から招来されたものであった。川端が馬橋に転居してまもなく、川端家の隣家の住人となった大宅壮一はいう。「そのころ、私が川端君からうけた印象は、徹底したニヒリストだということである。それは経済面でのデタラメさによくあらわれていた。夫婦ぐらしで、収入は私の何倍もあるはずなのに、いつでもスッカラカンで、外出するのに電車賃がなくて、近所の酒屋や八百屋から五十銭借りて出て行ったものだ」（「川端文学の秘密」）と。

馬橋の家にほぼ半年住んだあと、川端は昭和二年の年末には、熱海市小沢の鳥居子爵の別荘に移った。「内湯」があり、南向きの二階からは海が見えたその別荘は家賃も高かった。「家賃は百二十円であつた。昭和二、三年に一月百二十円といふと、今の何万円にあたるか、たいへんな家賃である。私の例の無謀もはなはだしいものであつた」とは、戦後まもないころの川端の回想の一節であるが、林房雄の「文学的回想」によれば、そのころのかれは、「家賃が高くとも安くとも、どうせ金は残らないのだから、同じことですよ」と、笑っていたという。

川端はこの別荘に翌三年の五月まで滞在したが、その間、川端家を訪う人の数は依然として多かった。

「私の方からも客を呼び、客の方から来るのも多かつたやうだが、林房雄君が村山知義君をつれて来たこともあつた。酒屋で飲んでゐて、夜なかに着いた。検挙されさうなので逃げて来たとも言つた。二人とも金を持つてゐないし、私の家にも金がないので、酒を飲みにも出られないし、帰ることも出来なかつた。横光利一君が来たので、横光君に汽車賃を出させて、三人で帰つて行つた。」(「全集」第十二巻・あとがき)
熱海を舞台にした川端の作品に、短編「椿」「死者の書」「女を殺す女」などがあるが、その前後のかれは、のちに自ら「高円寺から熱海へ、私の不作の時は続いてゐた。……今振りかへつて、そのころの私を言ふことはむづかしいやうに思ふ」と語っているように、ふるわなかった。不振の時を過ごしていたのはひとり川端に限らなかった。新感覚派の作家の多くがふるわなかった。「文芸時代」も昭和二年五月発行の通巻三十二号をもって終刊となっていた。その前後、文壇の内外で広く迎えられていたのはプロレタリア文学であった。「種蒔く人」(大10・2創刊)に発し、「文芸戦線」(大13・6創刊)を中心とした「第二の闘争期」を経て、昭和三年三月の全日本無産者芸術連盟(＊略称ナップ・機関誌「戦旗」)の結成を機に、プロレタリア文学は「文壇を席捲する勢ひ」を示していた。昭和三年の文芸界を回顧して評論家の平林初之輔は「新潮」誌上でいっている。「一九二八年に於ける第三の重要な現象は、プロレタリア文学が、文壇に於て、完全に市民権を獲得したことである。プロレタリア文学に対して従来繰り返されて来た、無理解な批評は、今年は殆ど影をひそめてしまつた。そして、旧作家のうちに、プロレタリア文学に対して共鳴し同情する作家、批評家が続々輩出したのみならず、新しく文学に志す若いジエネレーションの大部分が、多かれ少なかれ、プロレタリア的傾向を顕著にもつて来るに至つた」(「一九二八年を顧て」)と。

プロレタリア文学の隆盛を眼前にして動揺する作家の数は、既成新進をとわず多かった。「文芸時代」の有力メンバーであった片岡鉄兵が「左傾」したのをはじめ、新感覚派の影響下に育った新進作家藤沢桓夫、武田麟太郎らがプロレタリア文学運動に加わった。そのほか川端の周辺では、「石浜金作氏の転換、今東光、鈴木彦次郎両氏の旧労農党加入、横光利一氏の極度の動揺」(池田寿夫)などがめだった。川端とても、たとえば「死者の書」などからもうかがえるように、プロレタリア文学運動に対し、まったくの無関心であったわけではない。しかし、「彼は将来作家として左傾するにその今までの生立ち、生活から考へても困難」(川端秀子「私の夫に就て語る——あの鋭い目が……」)な人であった。そのころの川端はプロレタリア文学運動とマルクス主義に対し、従来とほぼ同じ姿勢でのぞんでいた。

「僕は『芸術派』の自由主義者なれども、『戦旗』同人の政治意見を正しとし、いまだ嘗《かつ》て一度もプロレタリア文学を否定したることなし。とは云へ、笑ふべきかな僕の世界観はマルキシズム所か唯物論にすら至らず、心霊科学の霧にさまよふ。」(「嘘と逆」)

とは、当時の川端の述懐である。

## 上野桜木町

昭和三年五月、川端は熱海から東京市外大森馬込東に移転した。そのころの馬込は、のちに広津和郎が「昭和初年のインテリ作家」で描いたような、いわゆる文士村で、広津をはじめ、尾崎士郎、室生犀星、岡田三郎らが住んでいた。かれが「大森の馬込に移り住んだのは、尾崎

（＊士郎）君に誘われてであつた」（「人間随筆」）。

川端が大森馬込臼田坂の「坂道の途中にある石垣に囲まれたちよつと豪壮な家」（宇野千代）に移ったころ、文士村は、震災復興にともなって流行した、モダンで享楽的な「近代の風」にさらされていた。そのころをのちにかれは「文学的自叙伝」につぎのように書いている。

「細君連中が相次いで断髪し、ダンスが流行し、恋愛事件が頻出し、大森の文士連中のまはりは、なんだか熱病に浮かされたやうであつた。とにかく賑やかで面白かつた。私までが宇野千代氏と方方歩いたので、恋人と誤解した人もあつたらしい。その火事騒ぎは私が大森へ来ると間もなく起り、私が大森を出るとやがて消えた。文士の家庭が世の風潮に感染したに過ぎないとはいへ、よその文士村にはなかつたのだから、私はお祭見物の好機に恵まれたわけである。」

川端が「文壇に跳梁《ちようりよう》する」プロレタリア文学を、当面の敵とみなすようになったのも、このころのことであったようである。昭和四年春、文士村に川端を訪ねた「新思潮」の後輩福田清人は、その日の川端の印象を、のちにつぎのようにしるしている。

「その日、川端さんの口数は少かつたが、記憶に残ることとしては、当時盛んであつた左翼文学と、そのいつぽう大衆文学の圧力について切実な語調であつたことである。いわゆる純文学はこの二つのものに挾撃《きようげき》されていたのである。当時の新進作家であつた川端さんにとつてともにくみしえないものであつたが、その荒々しさ、暴力的文学の嵐の悩みはひととおりでないことが、細々と語る語調にも感じられた。」

（「十五人の作家との対話」）

そして、同年十月の「近代生活」誌上で川端はいっている。「今日の左翼作家は、文学上では甚だしい右翼」なのである。その「右翼的な退歩を久しい間甘んじて堪へ忍んで来たのである」が、「この頃やうやく厭気《いやけ》が」さしてきた。「われわれはわれわれの仕事、『文学上の左翼』にのみ、目を転じるべき時であらう」（「文芸雑帖」）と。

昭和四年九月、川端は大森から浅草公園に近い上野桜木町に移転した。「家は寛永寺の北、谷中の墓地の南あたりなり。桜木町は、一高の時しばしば上野に散歩せし頃より、一度は住みたしと思ひ居りし土地なり」（「上野桜木町へ」）。二階一間、下玄関とも三間という、その小さな家からかれは、「降つても照つても浅草に」日参した。ここにかれの二度目の浅草との本格的な出会いが始まった。

浅草では、「東京にただ一つ舶来「モダアン」のレヴユウ」専門劇場として再開されたカジノ・フオウリィが花やかな脚光をあびようとしていた。川端は「夜となく昼となく手帳を持つて浅草をほつき」歩いたが、ここでもかれは、のちに自ら回想しているように「浅草の散歩者、浅草の旅行者に過ぎなかつた」（「「浅草紅団」について」）。

「幾度も公園で夜明ししたけれども、ただ歩いてゐただけである。不良の徒と知り合ひにならなかつた。浮浪者に言葉もかけなかつた。大衆食堂には足を入れたことがなかつた。三十何館の興行物は悉《ことごと》く見歩いて、ノオトを取つたが見物席からで、芸人達と話すでなし、楽屋裏を見たのは、カジノ・フオウリイ一つであつた。公園のまはりの安宿の門口に立つたこともなく、カフエにも入れなかつた。カジノの踊子達と喫茶店や汁粉屋に坐つてゐただけであつた。」(「文学的自叙伝」)

カジノ・フオウリィの踊り子を経て女優になった望月優子の回想「浅草の川端先生」によれば、そのころの川端は、踊り子たちから「川端さんのお兄さん」と呼ばれていたという。

こうした川端の浅草親炙《しんしゃ》の動機なり原因なりは、一高のころのそれと基本的には変わらないが、そこにはおのずから新しい要素も加わっていた。その新しい要素がどのようなものであったかは、「文学的自叙伝」の、「三十何館の興行物は悉く見歩いて、ノオトを取つた」という一節から、おおよその見当はつこう。かれは、つまり漂泊の思いをそそってやまない浅草を、作家としての醒《さ》めた目を保持しながらみつめていたのである。そしてその醒めた目は、「芸術派の作家」であるという自覚に裏打ちされていた。「プロレタリア作家が生かして」書こうとはしない浅草こそ、かれにとっては「東京の心臓」であり、「人間の市場」であったのだ。

浅草に取材した川端の作品に、「不朽の浅草風俗詩」といわれる「浅草紅団」をはじめ、「日本人アンナ」「浅草日記」「浅草の九官鳥」「虹」「夜のサイコロ」などがあり、それらは一括して浅草ものと呼ばれている。

## 新心理主義

上野桜木町への転居の前後、川端は雑誌「近代生活」の同人となり、「十三人倶楽部」にも加わった。「近代生活」とは、菊池寛の文芸春秋社とは敵対的な関係にあった新潮社を背景にして、昭和四年四月創刊された文芸雑誌であり、「十三人倶楽部」とは、中村武羅夫、尾崎士郎、龍膽寺雄《りゅうたんじゆう》ら十三名の、「文芸を政治的強権の下に置かうとするマルキシズム文芸をあきたらずとする」作家たちによって同年十二月結成され、みずから「芸術派の十字軍」と名のった団体である。このふたつの団体は、当時の川端のことばを借りれば、「「近代生活」の同人が、倶楽部員に多いが、この雑誌とこの倶楽部とは同じ目的でない。また、どちらがどちらの本店でもない」という関係にあった。

「十三人倶楽部」のメンバーのなかには、クラブを「反マルキシズムの為の団体」にしようと主張した者もあったが、川端の「十三人倶楽部」や「近代生活」に対する考え方、かかわり方はおよそつぎのようなものであったらしい。

「「文芸春秋」とは自ら別派をなしてゐた「不同調」の続きの「近代生活」にも、私は岡田三郎氏等の好意で迎へられ、とりわけ、月に一度新潮社の会議室で四方山話《よもやまばなし》に耽《ふけ》る「十三人倶楽部」は、なんとなく楽しい会合だつた。」(「文学的自叙伝」)

この「十三人倶楽部」を母胎に、総勢三十二名におよぶ中堅、新進作家の参加を得て、昭和五年四月、「新興芸術倶楽部」が結成された。いわゆる新興芸術派が派として成立したわけであるが、川端はこの「新興芸術倶楽部」には加わらなかった。

そのころの川端の動向で注目されるのは、こうした文壇的な一連の動きよりも同人雑誌「文学」への参加である。「文学」は、横光、堀辰雄、犬養健ら七名の同人によって、「真似目な作家たち」に「一つの方向」(堀辰雄)を与えようと、昭和四年十月創刊された雑誌であり、季刊誌「詩と詩論」などとともに、ヴァレリィ、ジイド、ジェイムス・ジョイス、プルーストらの西欧の二十世紀文学を積極的に紹介した雑誌である。

「文学」や「詩と詩論」などを中心とする西欧二十世紀文学の紹介は、文壇での新興芸術派の喧噪をよそに新しい文学の方法を模索しつづけていた「真似目な作家たち」に、強い刺激を与えずにはおかなかった。なかでも人間の心理や意識の流れを追求して独白体でつづる新心理主義文学、ジョイスの「ユリシーズ」やプルーストの「スワン家の方」(*「失われし時を求めて」の第一編)などの翻訳が与えた影響は大きかった。横光は逸速くプルーストの手法をとりいれて「機械」(昭5・9)を書き、堀辰雄は心理小説「聖家族」(昭5・11)を発表した。「その頃から翌六年にかけて芸術派作家の関心はこの心理的な傾向に集つた」とは、「ユリシーズ」の翻訳紹介者伊藤整の回想である。

川端がジョイスの「原書を買つて来て、原文と比較してみたり、ちよつと真似《まね》してみたり」(「現代の作家」)したのも、このころのことである。そうしたかれの新心理主義への親近を反映した最初の作品が、短編「針と硝子と霧」(昭5・11)であった。ここで川端は、「意識の流れ」の手法に学んだ表現を一部生かして使っている。そしてそれはつづいての「水晶幻想」(昭6・1〜7)で実を結んだ。

「水晶幻想」は、婦人科医を父とする「夫人」の、夫との比喩的な会話を通して浮かんでくる連想や意識の流れを記述することによって、人間生理を解明しようとした作品であるが、かの女の内面はたとえばつぎのような記述で表現されている。

「夫人は鏡のなかの彼女が少女のやうにはにかむのを見た。彼女は少女であつた。その少女が思つた。(先生を微笑ませた少年は、ほんたうにいい子だわ。婦人科医であつた、彼女の父の診察室。手術台の白いエナメル。腹を上にした、大きな大きな蛙。診察室の扉。把手《とって》の白いエナメル。白いエナメルの把手のついた扉の部屋の中には、秘密がある。今でも私はさう感じる。エナメルの洗面器。白いエナメルの把手に手を触れやうとして、彼女がふとためらつてゐる。幾つもの、そしてあちらこちらの部屋の扉。白いカアテン。女学校の修学旅行の朝、白いエナメルの洗面器で顔を洗ふ同級生を見た時に、ふと私は男のやうにその人を愛したくなつたのだわ。理髪師。幼い彼女が椅子に寝かされて顔を剃つてもらひながら、じつと見上げてゐた、彼の白い服。……。)」

ここに見られるような、時間にも空間にもいっさい限定されない多元的表現は、新心理主義に固有のものである。

「水晶幻想」は、未完のまま終わった作品であり、ここで川端は新しい手法の摂取を急ぎすぎたきらいもある。しかしここには、出発のころからさまざまな実験を重ねてきた川端の、ひとつの到達点が示されている。「水晶幻想」はまた、前述した横光の「機械」や堀の「聖家族」とならぶ、わが国新心理主義文学の代表作としても注目される作品である。

## 末期の眼

川端が「水晶幻想」を発表した年の九月、満州事変が勃発した。ここにわが国は、その後の足かけ十五年におよぶ、「戦争とファッシズムの時代」に突入した。翌七年、戦火はさらに拡大し、言論思想に対する弾圧はいちだんと強化された。プロレタリア文学運動は、その後まもなく解体した。

ところで、「水晶幻想」に「プレイ・ボオイ」という名のフオックス・テリア種の犬が登場するが、上野桜木町に移ったころから川端は、たくさんの犬や小鳥を飼い始めた。そのもようを、当時改造社の編集部にいた作家の上林暁は、

「その時分川端氏の家に行くと、大ぜいの犬が座敷を駆けずり廻つてゐた。朝、数頭の犬を引いて――むしろ犬に引かれて、上野公園を散歩してゐる川端氏に出会つたこともあつた。……それから、川端氏の家の二階に上ると、小鳥の籠が並んでゐた。」(「川端康成朝臣」)

と回想している。

また、「正月といふもののきらひな私は、枕もとに小鳥籠を竝べ、寝床に小型の犬を入れ、蒲団の上に木の葉みみづくを仰向けに眠らせ、せめて敷布と枕覆ひを新しくし、この三ケ日をぼんやり寝て暮すつもりである」(「愛犬家心得」)とは、やや遅れての川端の述懐である。

川端の代表作「禽獣」(昭8・7)は、こうした生活のなかから生まれた作品である。「禽獣」は、小鳥や犬を相手に孤独な日々をおくっている「四十近い独身者」の「彼」を主人公に、かれの小動物への愛とかつ

「禽獣」執筆のころ

ての恋人「千花子」の想い出とを交錯させながら描いた短編である。この作品については第二編で改めてのべるので、ここではとりあえず、「禽獣」のキイ・ポイントともいうべきつぎの一節にふれておこう。

「雛《ひな》の間は雌雄の分らぬ小鳥がある。小鳥屋はとにかく山から一つの巣の雛をそつくり持つて帰るが、雌と分り次第に捨ててしまふ。鳴かぬ雌は売れぬのだ。動物を愛するといふことも、やがてはそのすぐれたものを求めるやうになるのは当然であつて、一方にかういふ冷酷が根を張るのは避けがたい。彼はどんな愛玩動物でも見ればほしくなる性質だが、さういふ浮気心は結局薄情に等しいことを経験で知り、また自分の生活の気持の堕落が結果に来ると考へて、今ではもう、どんな名犬でも名鳥でも、他人の手で大人となつたものは、たとひ貰つてくれと頼まれたにしろ、飼はうとは思はぬのである。

だから人間はいやなんだと、孤独な彼は勝手な考へをする。夫婦となり、親子兄弟となれば、つまらん相手でも、さうたやすく絆《きずな》は断ち難く、あきらめて共に暮さねばならない。おまけに人それぞれの我《が》といふやつを持ってゐる。

それよりも、動物の生命や生態をおもちやにして、一つの理想の鋳型を目標と定め、人工的に、畸形《きけい》的に育ててゐる方が、悲しい純潔であり、神のやうな爽《さわや》かさがあると思ふのだ。良種へ良種へと狂奔する、動物虐待的な愛護者達を、彼はこの天地の、また人間の悲劇的な象徴として、冷笑を浴びせながら許してゐる。」

甘い感傷はひたすら排し、愛玩動物と人間とを同一視してはばからない「彼」の眼は無気味である。この種の冷酷な眼を感じさせる作品がこれまでの川端になかったわけではない。しかしここで注目されるのは、「禽獣」の「彼」の非情な視点が、作者によって意識的に設定されたものであるということである。

この作品にやや遅れて発表されたエッセイ「末期の眼」（昭8・11）で、川端は芥川龍之介の遺稿「或旧友へ送る手記」の一節を引いたあと、さらに語をついで、

「修業僧の「氷のやうに透み渡つた」世界には、線香の燃える音が家の焼けるやうに聞え、その灰の落ちる音が落雷のやうに聞えたところで、それはまことであらう。あらゆる芸術の極意は、この「末期の眼」であらう。」

とのべている。

「末期の眼」とは、たえず死を念頭におくことによって純化され、透明化される意識や感覚で自然の諸相をとらえ、美をみいだそうとする認識法であるが、「禽獣」の主人公は、つまりこの「末期の眼」の体現者として設定された人物であった。したがって「彼」の眼に映る美が、「すぐその後に崩壊が待ちかまえているような、はかない美しさであり、そのはかなさのゆえに、いつそういとしまれるような美しさ」（山本健吉）

であったとしても不思議はない。「禽獣」の主人公は、川端がしばしばことわっているように「私ではない」。しかし、生と死のあわいに明滅する美をひたすら追い求め、みすえつづけようとする「彼」の美意識は、作者その人のものであろう。「彼」が人間関係を厭《いと》うのは、人間の世界では、そうした非情な認識をつらぬくことが不可能であるからである。

「末期の眼」という無気味で非情な視点の設定は、おのずから創作方法や内容にかかわり、それらを規定する。しかし、死の影に感応しやすい資質と虚無的な心情の持ち主である川端にとっては、それはその資質なり心情なりの形象化を容易にする方法の発見を意味した、といってよかろう。

## 文芸復興

「禽獣」に先だち川端は、「抒情歌」（昭7・2）を発表している。「抒情歌」は、心霊科学を援用しながら、恋人を失った女性「龍枝」の「あなた」への語りかけに託して、無償の愛の美しさをうたいあげた作品であった。「抒情歌」はまたかれが「文学的自叙伝」に、「私の近作では「抒情歌」を最も愛してゐる」としるした作品でもあった。

昭和八年二月、プロレタリア作家小林多喜二が虐殺された。川端は翌三月の「文芸時評」で、

「小林氏の運命はやがて他のプロレタリア作家の上にも相次いで降りかかる恐れが十分あるゆゑ、いわゆる芸術派の文学者達も、そのやうな受難の続くを防ぐために、せめてなにかの××××××××は、自由主義の文筆者の良心的義務であると考へられるが、それもまた、小林氏等の思想に立たざる限

り、所詮《しよせん》なまぬるい動きとして最早《もはや》無意味に近い今日である。小林氏の急死によつて、今更世相の険しさに驚くよりも先きに、私は自らの暗さに堪へ難いのである。……甚だ突拍子もないことを云ふやうだけれども、例へば死せる小林多喜二氏よりも生ける横光利一氏を不幸と感じることは、私の偽らざる本心である。」（＊×は伏せ字）とのべて、弔意を表している。

多喜二の死によってプロレタリア文学運動は、実質的には崩壊したが、その退潮の過程と前後するかたちで、文壇では「かの大衆小説と僭称する通俗読物のバッコ横行」（武田麟太郎）が始まった。いわゆる純文学は「大衆文学の隆盛に抑《お》されて、その陰に萎靡《いび》して」（「純文学の精神」）しまおうとしていた。「文芸復興」という呼び声は、そうした状況のなかから生みだされたものであった。そしてまもなく「文芸復興」の「文壇的中心」ともいうべき雑誌「文学界」が創刊された。

「文学界」は、宇野浩二、深田久彌、武田麟太郎、小林秀雄、広津和郎、林房雄、それに川端の七名を編集同人として、昭和八年十月創刊され、その後つぎつぎに同人が加わったこともあって、昭和十年代の文壇やジャーナリズムにきわめて大きな影響を与えた雑誌である。川端はここでも「主動者」ではなかったが、創刊のころはかなり熱心な推進者であった。それは当時のかれが、暗い風潮と大衆文学の氾濫《はんらん》するなかで、いわゆる純文学の「自由と権威」を擁護し、発展させようと心を砕いていたことのひとつのあらわれであった。そのことは「文学界」の創刊号に掲載された川端の、

「本誌発行の計画は、とんとん拍子に渉《はかど》つた。同人も忽《たちま》ち志を同じうして集つた。……時あたかも、文芸

横光と対局中の川端

復興の萌《きざし》あり、文芸雑誌叢出の観あり、尚のこと本誌は注目の的となつたが、私達はこの時流を喜び、それを本誌によつて正しく発展させようとすると同時に、また時流とは別個の私達の立場を守らうとする。」(「編集後記」)

という発言からも、ある程度うかがえよう。

翌九年一月、川端は「文芸懇話会」に加わった。この会への参加についてかれは、同年五月発表の「文学的自叙伝」に、つぎのようにしるしている。

「「文芸懇話会」の発会日に出席した時は、さすがに私も驚いた。私はあの会合について予《あらかじ》めひとことも聞いてをらず、会員の顔触《かおぶ》れも全く知らなかつたのであるが、出席してみると、会員が十九名しかないことが分り、純文学の作家は皆私より十歳以上年長の大家、三十代の者は横光氏と私の二人きり、しかも横光氏は欠席してゐるのである。私は謙譲に辞退すべきであつたと思ふけれども、卑下する気持も起きなかつた。

しかし、私の作風は表にいちじるしくないながら背徳の匂ひがある。この点からも、内務省や文部省につながる仕事には加はれぬはずである。でもそのゆゑに強く自省することはあるまい。これまでも無造作に同人雑誌や文学団体に加はつて来た私である。しかも、最も生き生きと花やかなところ、最も栄えるところに、私はいつもゐたやうである。無節操であるか、如才ない世渡りであるか、日和見《ひよりみ》であるか。自分では一向そんなつもりはないのだから、或ひは天来のしれものかもしれぬ。」

怒りと驚きと自嘲とがいりまじった奇妙な表現であるが、「文芸懇話会」への加入について、川端がなぜこんなふうないい方をしなければならなかったかは、高見順のつぎのような回想からおおよその見当はつこう。高見順はいっている。この会は、「元警保局長松本学主宰の右翼的文化団体『日本文化連盟』から出た金で昭和九年に作られたもので、表面は単なる文芸振興というような顔をして、会員に島崎藤村、徳田秋声、正宗白鳥等の大家から横光利一、川端康成まで網羅していたが、明らかにこれはファシズムの手が文学へと伸ばされたものだつた」（「昭和文学盛衰史」(一)）と。

そのファッシズムの手が文壇をおおいつくそうとしていたころ、川端は「根本的なことは、文芸のまことの現役作家は、今日の教育の府である文部省とは相容れぬところが多かるべき筈《はず》である。文芸の現役とは、時代への反逆と考へられるからである」（「文芸の反逆」）とのべて、評論家杉山平助から糾弾されたこともあったが、その後かれはしだいに自らの芸術の世界への沈潜を深めていった。

「作者は思想と生死を共にしなくとも芸とは生死を共にする。」

とは、昭和十年十二月発表の「純文芸雑誌帰還説」のなかのことばである。

「雪国」の冒頭「夕景色の鏡」が「文芸春秋」に、その続き「白い朝の鏡」が「改造」にそれぞれ発表されたのは、昭和十年一月のことであった。この二編は、前年昭和九年の十二月、越後湯沢温泉で執筆されたものである。

## 越後湯沢

この前後の川端は、清水トンネルが開通してまもない湯沢を折にふれたずねているが、かれが「湯沢へはじめて行つた」のは、昭和九年の「五月ごろ」のことであった。そのきっかけと湯沢の印象を、のちにかれは岩波文庫版「雪国」の「あとがき」につぎのように書いている。

「『雪国』を書く前私は水上温泉へ幾度か原稿を書きに行つた。水上の一つ手前の駅の上牧《かみもく》温泉にも行つた。……水上か上牧にいた時私は宿の人にすすめられて、清水トンネルの向うの湯沢温泉へ行つてみた。水上よりはよほど鄙《ひな》びてゐた。」

翌十年の秋、川端は湯沢にひと月ほど滞在して「雪国」の第三編「物語」（昭10・11）を書いた。「雪国」執筆に際し、このようにしばしばかれが湯沢を訪れたのは、ひとつには、軽視されがちな自然の描写を大切にしたいと思い始めていたからであった。そのことは当時のかれの、つぎのような述懐からも明らかである。

「私は越後湯沢温泉に一と月ばかり滞在の間、秋の深まり来るさまをつぶさに眺めてゐたけれども、それを書き写すことはむつかしいといふよりも、今日の文学、特に小説が自然から遠ざかり、ないがしろにし勝ちである結果、自然からみごとに叱られてゐるといふ気がしてならなかつた。つまり、自然を描かうとしても古い習はしの言葉ばかり浮んで来て、私達の今日の言葉といふものは、余り見当らぬのである。」

(「旅中文学感」)

川端が足繁《あししげ》く湯沢をたずねた理由なり原因なりは、無論ほかにもあった。それは何よりもそこが、「国境の長いトンネル」によって、血なまぐさい現実からは遮断《しゃだん》された世界であったからである。そしてまたその国の住人である野性味をおびた芸者の、かの女の内に潜む純粋無垢な美しさが、かれの美意識に感応し、興味をそそったからでもあった。

湯沢で「物語」を執筆していたころの川端の多忙な日々を伝えるものに、つぎのような日記がある。この日記は、創作覚え書き「私の七箇条」で、「私の小説の大半は旅先で書いたものだ。風景は私に創作のヒントを与へるばかりでなく、気分の統一を与へる。宿屋の一室に坐ると一切を忘れて、空想に新鮮な力が湧く。一人旅はあらゆる点で、私の創作の家である」といい、「モデル小説は嫌ひだ。自分をモデルにすることも嫌いだ。まして私生活の事件その侭《まま》を書く事は滅多にない」とのべているかれの、湯沢での見聞や体験が作品「雪国」にどう反映し、どう生かされているかを、部分的に明らかにするものでもあるので、その一部を引用しておこう。「註」は川端の自注である。

「雪国」の舞台、湯沢の高半旅館

「九月三十日

「少女倶楽部」、書き終る。一時五十五分の汽車で湯沢に行く。

駒。（註、駒子が宿へ来たことである。）

十月一日

午前より宿の子供を部屋に呼ぶ。（註、「雪国」に書いてある。）三時過ぎ帰る。（註、駒子が。）

十月二日

朝、七時ごろ起される。（註、駒子が来て。）夜、駅まで行く、宴会の後で。

十月三日

十時ごろ起きる。日光浴。「無限抱擁」（註、滝井孝作氏の長編小説。）の批評、三時の汽車便で送る。西山温泉を見物しての帰り、近道を取り、帰つて入浴。「中央公論」三十人集、読み終る。夜、宿の主人話しに来る。

十月四日

夜、「読売新聞」の原稿出す。西川博士よりレントゲン写真の結果の手紙。夜中一時に。（註、駒子が来る。）

十月五日

西川博士よりパンフレット着く。竜子より祖父の病気についての手紙。「読売」の原稿終り。十時より。（註、駒子が来る。）

十月十一日

「日本評論」のための「物語」（註、「雪国」の一部。）、十八枚で十一月号は打切り、その原稿を送る。

十月十三日、日曜日
宿の次男と六日町より八箇峠へ。午前三時、洗髪。(註、駒子のことで、「雪国」に書いてある。)
十月十四日
帳場で芸者の引き祝いの饅頭を御馳走になる。(註、これも「雪国」に書いた。)
十月十六日
三味線聞える。(註、駒子の三味線で、「雪国」に書いてある。)」(「「雪国」の旅」)
「雪国」のクライマックス雪中火事の場面も、創元社版「雪国」の「あとがき」や座談会「川端康成氏に聞く」などによれば、湯沢での体験にもとづいて書かれたものである。

### 発掘の名人

「昭和初年頃から同人雑誌をやりだした者にとつて、川端さんの時評でみとめられることは、勲章をもらうようなものであつた」とは、福田清人の回想の一節であるが、大正末期の藤沢桓夫から戦後の三島由起夫にいたるまで、川端が「発掘」した新しい才能はかなりの数にのぼる。それは長年にわたるかれの批評活動のひとつの結果であったのだが、無名の人々の作品に対するかれの関心の示し方は、いわゆる評論家のそれとは大分ちがう。昭和八年六月、川端は「新潮」誌上の「文芸時評」でいっている。

「子供の作文を私は殊の外愛読する。一口に言へば、幼児の片言に似た不細工さのうちに、子供の生命を感じるのである。……西村アヤ氏の「青い魚」とか、石丸夏子氏の「子供の創作と生活指導」とか、「山川彌千枝遺稿集」（火の鳥六月号）とか、その他早熟の少年少女の文集は、私が常に机辺から離したくない本である。彼女等の心の早熟は、必ずしも目出度くはない。しかし、その早熟の才能は時に子供の露出となつて、私の想像を生き生きとさせる。その幼稚な単純さが、私に与へるものは、実に広大で複雑である。まことに天地の生命に通ずる近道である。」

と。また翌九年、川端は一般に新人作家をほめすぎるという非難に対して、つぎのように答えている。

「世間の一部が風評するやうに、私は新進作家の新奇さのみを、褒《ほ》めたりおだてたりしてゐるのでは、決してない。作家的素質の美しさやみづみづしさに触れる喜びで、自分を洗つてゐるのである。」（「新進作家」）

川端はつまり、作家としての自らの内面をより豊かに、よりみずみずしいものにするために、新人や子供の作品に触れつづけてきたのである。かれの批評活動の特異性はここにあるのだが、無論それだけに終始したわけではない。かれは一方では、「真価を知られることなしに生き、さうして死」（「文芸時評」）んでゆく無名「作家の味方」として、かれらの「真価」を世に知らせることを、批評家としての自らの使命と感じてもいた。

横光が川端を評して、「氏の偉大さは、他の何事よりも人の云はぬことを云ふところにある。つまり、氏の非常識の偉大さだ。氏は動いてゐる限り、新しさを発見してやまぬ。全く発掘の名人は近代文学中氏を第一としなければならぬ」（「覚書」）とのべたのは、昭和十一年のことであったが、この年川端は、北条民雄と岡本かの子というユニークな個性を、雑誌「文学界」を通じて広く世に紹介した。

北条は癩《らい》を病んで隔離され、そのなかで、死をみつめながら「生きることは書くこと、さうならうと思つて」精進を重ねた作家である。川端が北条を知ったのは、昭和十年春、北条がその第一作「間木《まき》老人」の原稿を送ったことからであった。川端はこの作品の「文学界」への発表をあっせんするかたわら、北条に対しては「文壇や世間の批評を聞くな、読むな、月々の文壇文学など断じて見るな、文士に会ひたいと思ふな、常に最高の書に親しめ、それらの書が自ら君を批評してくれる」（「北条民雄」）とくり返し、激励をつづけた。ついで川端は、北条の「最初の一夜」を「いのちの初夜」と改題し、「文学界」の昭和十一年二月号に、つぎのような推薦のことばを添えて掲載した。

「北条民雄君の「いのちの初夜」を「文学界」に出すことは、私としてつらいのである。作者にすまないわけもある。……私はこの作を「中央公論」か「改造」のやうな雑誌に紹介するつもりであつた。確信をもつて推薦出来る、このやうな作には滅多に、出会へはしないのである。またこのやうな作を直ちに採用せぬなら、編輯者として文学に携る資格も権威もない。」（「「いのちの初夜」推薦」）

かれは同時に「大阪朝日新聞」に、「「いのちの初夜」は文壇の人々の良心に、暗示と警告とを与へた。人生の最窮極の人間の呼吸が感じられ、書かねば救はれぬといふ、切実で単純な文学そのものを見せられた。ここにはもう癩児が母への思慕や望郷の感傷は涸《か》れ、ぎりぎりに押しつめられた生命がある」（「北条民雄」）

と書いて、推輓《すいばん》につとめた。

北条はこの作品で異色な新進作家として文壇に認められたが、そのほぼ二年後に病没した。川端の短編「寒風」(昭16・1〜17・4)は、北条の死を題材にした作品である。

岡本かの子は、すでに浪漫派の歌人として知られた存在であり、川端とはかれが東大に在学していたころからの知り合いであった。またかの女は同人雑誌「文学界」の隠れた援助者でもあった。

かの子が小説に専念し始めたのは、昭和七年、四十五歳のころからであるが、川端は「何処《どこ》の雑誌でもあまり歓迎」されなかったかの女の原稿に丁寧に目を通し、「かの子さんの努力は、今に屹度《きっと》、現われますよ。私の読んだだけでも、自信が持てます……」(佐藤観次郎)といってはかの女をはげましつづけてきた。

かの子は、昭和十一年六月、「文学界」に発表したモデル小説「鶴は病みき」で文壇にデビューしたが、その際川端はつぎのような推薦のことばを添えている。

「岡本かの子さんの作品に、今更推薦の言葉でもあるまいと思ふが、岡本さんが小説では新人のつもりで勉強してゐられることだけは云つて置きたい。またこの『鶴は病みき』についてはモデルに対する深い愛情で書かれたものであることだけは云つて置きたい。

岡本さんは初めこの小説の発表を幾分躊躇されたやうであつた。芥川氏がモデルであることは明らかだからだらう。さうして作者の心が誤解されることを憂へてだらう。しかし作者を離れ、モデルを離れて、これは一個の立派な作品であらう。」(「鶴は病みきの作者へ」)

# 回帰

**名人引退碁観戦記**　昭和十年、川端は鎌倉に住む林房雄に誘われて神奈川県鎌倉町浄明寺宅間《たくま》ケ谷《やつ》に移った。「宅間ケ谷の借家は三軒が一かたまりになつてゐて、間は生垣で区切つてあつた。そのうち二軒が空いてゐたのを、一軒を私が借り、一軒を川端康成さんにすすめた。東京に飽きてゐた川端さんは気軽に引越して来て、鎌倉組の仲間入りをすることになつた」とは、林の「文学的回想」の一節である。

このころから川端は軽井沢に滞在することが多くなったが、昭和十二年には宅間ケ谷から同じ鎌倉の二階堂に移った。この年は日華事変が始まった年であり、出征する兵士の姿がそここで見られるようになった年でもあった。


「或る駅から海軍の士官が出動した。」

「士官は窓に端然と立つて、挙手《きよしゆ》の礼で見送りの人々に答え、口ではもうなにも言わなかつた。」

「ひとかたまりの女のなかで、扇を拡《ひろ》げているのは一人だつた。

その婦人は目の縁《ふち》を赤くして、じいつと士官を見つめていた。

女達の間にまぎれて立つているけれども、一際顔色が白かつた。

初めは白い扇を咽《のど》のところに開いて、扇の要《かなめ》を持つ手を胸に押しつけていた。

そのうちに扇は唇を隠した。

そして、白い頬に美しい赤みがさして来るにつれて扇は持ち上り、大きい目は半ば隠すところで止まつた。

その白扇の弓の上の半分の両眼で、夫の出征を静かに見送るのだつた。」

川端が「高原」(昭12・11〜14・12)に描いた出征風景である。

翌十三年、中国大陸での戦火の激化につれ、「言論機関の利用、統制」はいちだんと高まり、多くの作家がペン部隊として戦地におくられた。「文壇からも、私の知人や友人が二十人余りも陸海軍の漢口攻略戦に従軍した」が、「私はその選にもれた」(「名人」)のであった。

文壇では、火野葦平の「麦と兵隊」をはじめとする戦争文学の氾濫《はんらん》が始まっていた。川端が「朝日新聞」紙上で、つぎのように主張したのもこの年のことであった。

「——この頃の小説はつまらぬのではないかと、私にはぼんやり感じられる。だから却《かえっ》て、時評を書いてみる気になつたのである。戦争で文学者も勢立《いきおいだ》つのは当然だが、あたかもその時、自分の道の文学の精神は堕落と衰弱の一方ではないのか。……戦場で文学どころかと言ふことこそ文学者としては、遊びの心である。火野葦平氏の「麦と兵隊」や上田広氏の「黄塵」など、出征兵士の陣中作品にも明らかな通り、水火のなかでも、文学の心は失はうとして失へないのである。感動を先《ま》づ純潔にとらへることが、文学の第一歩である。」（「文芸時評」）

この年川端は、本因坊秀哉《しゅうさい》名人の木谷実七段（＊当時）を対局者とする名人引退碁を「東京日日新聞」（＊現在の毎日新聞）の観戦記者として盤側でつぶさに観戦した。この引退碁は「六月二十六日に芝公園の紅葉館で打ち始め、十二月四日に打ち終わるまで、その間箱根、伊東と点々と場所を変えながら争われた、「不敗の名人」の「一生の最後の勝負碁」であった。

「そのころの私は碁を愛好して、碁界の消息にも興味を持ち、観戦には好奇心ばかりではなく、熱意が働いたのであつた。十四五回の打ち継ぎを盤側で見て、棋士の風貌《ふうぼう》、表情、動作、言葉などを丹念にノオトした。それを六十回に余る観戦記として連載した。」（「全集」第十四巻・あとがき）

川端の観戦記は、この年七月から翌十四年にかけて、「東京日日新聞」と「大阪毎日新聞」に断続的に発表されたが、その第一回は、芝公園の紅葉館で行なわれた打ち始め式のもようをつたえる、つぎのようなものであった。

「名人が立ち上つた。扇子を振つて、それがおのづから、古武士の小刀を携《たづさ》へて行く姿だ。盤の前に坐つた。左の手先を袴《はかま》に入れ、右手を軽く握つて昂然と真向きだ。磨かれた名盤を挾《はさ》んで、七段も席についた。名人は一礼して棋笥の位置を正した。無言のまま再び礼をすると七段は瞑目《めいもく》した。そのしばしの黙想を破るかのやうに、「はじめよう。」と名人が促した。小声だが、なにをしてゐるかといはぬばかりの力強い挑戦だ。ほつと七段は眼をあいたが、再び瞑目した。驚くべき慎重の態度と思ふ間もなく、憂然たる一石だ。時に十一時四十分。」

この観戦記を「小説風に改めたもの」が、「私としては異例の作品である」、記録小説「名人」（昭17・8〜29・5）である。「名人」は、「小説としては記録の要素が多く、記録としては小説の要素が多い」（「呉清源棋談・名人」・あとがき）作品であり、ここに引いた観戦記の第一回は、「名人」の第九章にほぼこのままのかたちでとり入れられている。

### 戦時下

昭和十六年春、川端は「満州日日新聞」の招きにより、呉清源らと満州に旅した。それは浅見淵の回想によれば、「満州や中国へ出掛けることが一種の流行になっていた」（「昭和文壇側面史」）ころのことであった。

川端は「建国」されてまもない満州の各地を見てまわるかたわら、そこに住む日本人作家山田清三郎らに会った。そしてかれは、異郷で苦闘する日本人作家に「なにか親しみ」を感じた。日本人作家の住む新京（＊現在の長春）北郊の寛城寺を、山田清三郎らに案内されてたずねた日の印象を、のちに川端は「満州国の文学」に、つぎのようにしるしている。

「寛城寺へ行つたのは四月の半ば前だから無論草木の色はなかつた。新京としては樹木が多いようで、その緑がここに風情を添えるらしく、作家諸君は木の葉のある寛城寺を私に想像させたい口振《くちぶり》だつたが、枯荷か敗蕉の感じの村落にロシア人の流瘠《せき》を見て、私は漂淪《ひょうりん》の旅情があたりの冬枯にしみているような気がした。

その頃、作家諸君の寛城寺住いを誹《そし》る者もあつて、ずいぶんせせこましいと私は思つたけれども、そういう土地柄にひかれることをいましめたのだつたろう。エミグラントの哀愁は日本人をとらえやすい。作家諸君の寛城寺住いは、無論主として新京の住宅難の結果であつたにしろ、誰のところも住家とは言えぬ程の仮寓で、私など到底居着《いつ》けそうになかつた。山田氏や北村氏などもこんな住いかと、作家の薄遇《はくぐう》を思つたものだつた。新京の住宅難を私が十分実感していない見方かもしれなかつたが、満州国の作家暮しの苦労が見えていた。また外地における日本の一面あわただしい貧しさや癇声《かんせい》の浮足立《うきあしだ》ちが、作家を浮かせているとも見えた。」（＊山田清三郎「転向記」から）

川端が「満州国各民族創作選集」（昭17〜19）の刊行に尽力したりしたのも、満州在住の作家たちとのこうした触れあいがあったからである。

同じ年の初秋、川端は関東軍の招きにより再度満州に遊んだ。かれが「北京に一ケ月ほど、大連に三四日いて帰る」と、その数日後に太平洋戦争が勃発した。

文芸はすでにそのころ、ほぼ完全な統制下におかれていたが、開戦はそれに拍車をかけた。谷崎潤一郎の「細雪」をはじめ文芸作品の発禁事件があいついでおこり、多くの文学者が陸海軍の報道班員として徴用され、海外に送られた。そしてまもなく文芸の世界も戦時色一色に塗りつぶされてしまった。川端の友人のなかには、「大戦の完遂」を叫んだ者もあったし、「自由主義的」文学者の摘発と排撃につとめた者もあった。しかし川端は、そうした風潮のなかに進んで身を投じようとはしなかった。かれは「暗い時代の流れ」をみすえながら、少しずつ作品を書きついだ。「寒風」「名人」「故園」（昭和18・5～20・1）などに代表されるこの時期のかれの作品には、「感動を先づ純潔に」とらえる「文学の心」が、依然として脈うち流れている。抵抗意識の有無についてはともかく、「戦意昂揚」小説が氾濫するなかで、数は多くはないけれども、川端がこのような作品を執筆し、発表しつづけていたということは記憶されなければならない。

「私は戦争からあまり影響も被害も受けなかつた方の日本人である。私の作物は戦前戦時戦後にいちぢるしい変動はないし、目立つ断層もない。作家生活にも私生活にもさほど不自由は感じなかつた。またいはゆる神がかりに日本を狂信し盲愛した時のないのは言ふまでもない。」（「全集」第一巻・あとがき）

とは、戦後まもないころのかれのことばである。

昭和十九年十二月、「文芸時代」のころからの友人片岡鉄兵が旅先で病死した。戦況はすでにそのころ末期的症状を呈していた。

「えらい時に死んだものだと私は片岡君の訃《ふ》を受けて外に言ひ様もないかのやうに繰り返してゐたが、東京駅に遺骨を迎へて荻窪に帰る途にも敵の爆弾が家屋を倒し陸橋を穿《うが》つた痕《あと》を見、二七日と三七日との間に敵の軍兵のルソン島上陸があつた。」（「片岡鉄兵の死」）

そのころの川端は、東京への往復の車中と燈火管制下のほの暗い灯のもとで、「源氏物語」を熱心に読んでいた。

「戦争中に私は東京へ往復の電車と燈火管制の寝床とで昔の「湖月抄本源氏物語」を読んだ。暗い燈や揺れる車で小さい活字を読むのは目に悪いから思ひついた。またいささか時勢に反抗する皮肉もまじつてゐた。横須賀線も次第に戦時色が強まつて来るなかで、王朝の恋物語を古い木版本で読んでゐるのはをかしいが、私の時代錯誤に気づく乗客はないやうだつた。途中万一空襲で怪我《けが》をしたら丈夫な日本紙は傷おさへに役立つかと戯れ考へてみたりもした。……

私は割と早く中学生のころから「源氏」を読みかじり、それが影響を残したと考へてゐるし、後にも読み散らす折はあつたが、今度のやうに没入し、また親近したことはなかつた。昔の仮名書きの木版本のせゐであらうかと思つてみた。ためしに小さい活字本と読みくらべてみると、確かにずいぶんと味がちがつてゐた。また戦争のせゐもあつただらう。

しかし私はもつと直接に「源氏」と私との同じ心の流れにただよひ、そこに一切《いっさい》を忘れたのであつた。私は日本を思ひ、自らを思つた。」（「哀愁」）

## 自　覚

戦時中川端は鎌倉で、「防火群長か班長かを頼まれ」てつとめた。「群長らしいつとめはなにもしなかつたが、戦争中も私の三十年来の徹夜は変りなかつたから、夜まはりだけはした」（「月見」）。昭和二十年の四月には、鹿児島県鹿屋《かのや》の特攻隊基地を海軍報道班員としてたずね、死地に赴く若い飛行士たちの姿をつぶさに見た。そこでの見聞は、戦後の作品「生命の樹」（昭22・12）にとり入れられている。

昭和二十年八月十五日、かれが「源氏物語」の「ほぼ半ば二十二三帖まで読みすすんだころ」、日本は降伏した。敗戦は「源氏物語」の世界に「恍惚と陶酔して」いたかれの胸をきびしくうった。その年十一月の「新潮」誌上で川端はいっている。

「私の生涯は『出発まで』もなく、さうしてすでに終つたと、今は感ぜられてならない。古《いにしえ》の山河にひとり還《かえ》つてゆくだけである。私はもう死んだ者として、あはれな日本の美しさのほかのことは、これから一行も書かうとは思はない。」(「島木健作追悼」)

と。川端の戦後の第一声であった。翌二十一年かれは、「敗戦の悲しみは心身の衰へを伴つてゐた。自分達の生きてゐた国と時とはほろんだやうであつた」(「さざん花」)とも書いている。

昭和二十二年十二月、横光利一が逝った。「君の骨もまた国破れて砕《くだ》けた」(「弔辞」)のであった。これからは「あはれな日本の美しさ」以外のことは一行も書くまいという川端の決意は、「日本人として剛直であり、素樸《そぼく》であり、誠実であつた」横光の死に際会したことによって、いっそう固まった。昭和二十三年五月、川端五十歳を記念して新潮社から刊行され始めた「川端康成全集」第一巻の「あとがき」で、かれはいう。

「私は横光君の生前に書をもらつたことがないので、死後夫人に無心をした。その一つは横光君が若い時から好んで書いた、「蟻台上に餓えて月高し」であつたが、もう一つ文机の略画が添へてあるのに惹《ひ》か

晩年の川端康成

れて選んだ漢詩には、「寒燈下硯枯」の句があり、「独影寂欲雪」の句があつた。なぜからさびしいのを取つたか、自分の家に帰つてから見てさびしくなつた。

横光君はどういふ心づかから「寒燈下硯枯」と書いたか。敗戦は私にもいささかそれに通じる凄寥《せいりよう》を深めさせた。私は自分を死んだものともしたやうであつた。自分の骨が日本のふるさとの時雨《しぐれ》に濡れ、日本のふるさとの落葉に埋もれるのを感じながら、古人のあはれに息づいたやうであつた。

その心沈みを生涯の峠と言ふのはをかしいが、私は敗戦を峠としてそこから足は現実を離れ、天空に遊行するほかはなかつたやうである。元来が現実と深く触れぬらしい私は現実と離れやすいのかもしれない。世を捨て山里に隠れる思ひに過ぎないであらう。

しかし、現世的な生涯がほとんど去つたとし、世相的な興味がほとんど薄れたとしたところから、私にも自覚と願望とは固まつたやうである。日本風な作家であるといふ自覚、日本の美の伝統を継がうといふ願望、私には新なことではないが、そのほかになにもなくなるまでには、国破れた山河も見なければならなかつたのであらうか。」

そしてさらに語をついで、戦前戦中を通じて、「私は常にみづからのかなしみで日本人をかなしんで来たに過ぎない。敗戦によつてそのかなしみが骨身に徹《とお》つたのである。かへつて魂の自由と安住とは定まつた。私は戦後の自分の命を余生とし、余生は自分のものではなく、日本の美の伝統のあらはれであるといふ風に思つて不自然を感じない」とのべている。

川端の日本風な作家であるという自覚、日本美の継承者でありたいという願望は、「私は戦後の世相なるもの風俗なるものも信じない。現実なるものもあるひは信じない」（「哀愁」）という、「新時代」に対する懐疑に裏打ちされたものでもあったのだが、それはともかく、戦後の川端文学の基調はここに定まった。かれは「反橋《そりはし》」（昭23・10）、「しぐれ」（昭24・1）、「住吉」（昭24・4）、の三編から成る短編三部作で、「東方」へのあこがれをうたったあと、「千羽鶴」（昭24・5〜29・5）と「山の音」（昭24・9〜29・4）の執筆を開始した。「千羽鶴」と「山の音」については後述するのでここでは触れないが、傑作の呼び声の高いこの二作も基調をなすものは「あはれな日本の美しさ」である。

## 「古都」まで

「千羽鶴」と「山の音」は完結しないまま、昭和二十七年二月筑摩書房から刊行され、芸術院賞を受賞したが、そのころ川端は自らの文学の世界の拡大を目ざして、あらたな冒険に進み出ようとしていた。翌年二月「千羽鶴」と「山の音」を収めて刊行された「全集」第十五巻の「あとがき」で、かれはいう。

「「千羽鶴」も「山の音」もこのやうに長く書きつぐつもりはなかつた。一回の短編で終るはずであつた。余情が残つたのを汲み続けたといふだけだ。したがつてほんたうは二作とも、最初の一章「千羽鶴」

と「山の音」とで、終つてゐると見るのが、きびしい真実だらう。後はあまえてゐるだけだらう。「雪国」も同然である。このやうなひきのばしではなく、初めから長編の骨格と主題とを備へた小説を、私はやがて書けるとなぐさめてゐる。「千羽鶴」も「山の音」も、あまえてゐて、私はにがい思ひだ。私は全集十五巻の作品に訣別《けつべつ》したい。」

「山の音」のころまでのかれは、この「あとがき」からもうかがえるように、「一回の短編で終るはず」の作品を余情の残るままに書き継ぎ、それをまとめて「長編」としてきた。したがってそれは、いわば「短編の集積」であって、長編小説としての属性は備えていない。のちに「長編」の一部となる各章の発表のしかたも、気ままな断続形式をとってきた。それは「時間的に規則正しく書き継いでゆくことが、私には難儀で重荷」だったからでもあるのだが、しかしそれでは、「ほんたうに書きたい作品が一つも出来ないで、間に合はせの作品ばかり書き散らして、世を去つてゆくことに」なりはしないか、とかれは痛感するようになっていたのである。昭和二十八年二月、三笠書房から刊行された短編集「再婚者」の「あとがき」に、「敗戦から七年を経、全集十六巻も出し終つて、今は変りたいと切に願つてゐる」と、かれは再度書いている。

翌二十九年、かれは、「みづうみ」（昭29・1〜12）と「東京の人」（昭29・5〜30・10）の連載を始めた。「みづうみ」は、みにくい足をもつ男「銀平」のモノマニアック（偏執狂的）な心理と欲望を、シュール・リアリズムの手法を用いて描いた中編小説である。ここでは川端が、従来のかれの作品にはみられなかった、「み

スウェーデン国王からノーベル賞をうける川端康成
（昭43.12.10）

にくくて、不埒《ふらち》な欲望に生きる」（中畑善雄）男を主人公として設定していること、およびその主人公の描写にシュール・リアリズムの手法を用いていることが主として注目される。なおここでかれが用いた手法は、「水晶幻想」に発し、のちの話題作「眠れる美女」（昭35・1〜36・11）のそれにもつながる。このこともまた見落とせない。

「東京の人」は、「西日本新聞」「中部日本新聞」「北海道新聞」の三紙に、ほぼ一年半にわたって連載された、「川端としては前例のない長編」であった。そのかぎりでは、長編小説を書きたいというかれの願いはここに実現した、といってもよかろう。

「みづうみ」も「東京の人」も、「今は変りたい」というかれの切望から生まれ、その切望をあらわに反映した作品であった。しかし、このふたつのいわば実験作も、たとえば「東京の人」の「島木俊三」が、「人の役にも立たないかはりに、人のじゃまもしないで、人間関係の少ないところ」へと去ってゆく男であることからも、その一端はうかがえるように、基調は「千羽鶴」や「山の音」のそれとほぼ同じものである。このことは、「変りたい」というかれの切望が、その文学の本質に直接的にかかわるようなものではなかったことを、おのずから語っていよう。

以後かれは、自らの文学の世界の拡大とその資質の深化につとめながら、創作活動をつづけてきた。そして「眠れる美女」が書かれ、「古都」（昭36・10～37・1）が発表された。「古都」は千年の古き都京都の四季おりおりの行事と風物を背景に、美しい双生児《ふたご》の姉妹の数奇な運命をつづって、「日本古来の美の伝統」である「あはれな美しさ」をうたいあげた作品であった。

紙数がつきたので詳述はできないが、戦後の川端の動向では、まず、昭和二十三年六月から十八年間にわたって会長をつとめた日本ペンクラブへの貢献が注目される。またおりにふれ社会的な発言をするようになったこと、および最近の日本近代文学館への尽力なども見落とせない。

昭和四十年十一月十二日、「踊り子ゆかりの地」伊豆湯ケ野温泉に文学碑が建てられた。碑面には川端の字で、「伊豆の踊子」からとられたつぎの一節が刻まれている。

「湯ケ野までは河津《かわづ》川の渓谷に沿うて三里余りの下里《くだり》だつた。峠を越えてからは、山や空の色までが南国らしく感じられた。私と男とは絶えず話し続けて、すつかり親しくなつた。荻乗や梨本なぞの小さい村里を過ぎて、湯ケ野の藁《わら》屋根が麓に見えるようになつた頃、私は下田まで一緒に旅をしたいと言つた。彼は大変喜んだ。」

昭和四十三年十月十七日、スウェーデン王立アカデミーは、一九六八年度ノーベル文学賞受賞者を日本の作家川端康成と決定した。受賞理由は「日本人の心の精髄を、すぐれた感受性をもつて表現するその叙述の巧みさ」であった。

その日の夜半、川端は書斎でつぎのような即興の句を、「筆で紙に大きい字で書いた」(「秋の野に」)という。

秋の野に鈴鳴らし行く人見えず

## 第二編　作品と解説

私は真実や現実といふ言葉を、批評を書く場合に使ひはしたけれども、その度に面映《おもは》ゆく、自らそれを知らうとも、近づかうとも志したことはなく、偽りの夢に遊んで死にゆくものと思つてゐる。……私は東方の古典、とりわけ仏典を、世界最大の文学と信じてゐる。私は経典を宗教的教訓としてでなく、文学的幻想としても尊んでゐる。「東方の歌」と題する作品の構想を、私は十五年も前から心に抱いてゐて、これを白鳥の歌としたいと思つてゐる。東方の古典の幻を私流に歌ふのである。書けずに死にゆくかもしれないが、書きたがつてゐたといふことだけは、知つてもらひたいと思ふ。西洋の近代文学の洗礼を受け、自分でも真似ごとを試みたが、根が東洋人である私は、十五年も前から自分の行方を見失つた時はなかつたのである。これは今まで人に打ちあけたこともない、川端家の楽しい秘法であつた。西方の偉大なリアリスト達のうちには、難行苦行の果て死に近づいて、やうやく遙かな東方を望み得た者もあつたが、私はをさな心の歌で、それに遊べるかもしれぬ。

——文学的自叙伝

# 十六歳の日記

## 処女作

「十六歳の日記」は、大正十四年八月と九月の「文芸春秋」に「十七歳の日記」として発表され、のち短編集「伊豆の踊子」（昭2・3金星堂刊）に、「葬式の名人」「白い満月」などとともに収められた実録小説である。

この作品は、大正三年、数え年十六歳の五月の日記と、「文芸春秋」に発表する際に加えられた「解説」および「あとがき」から成る。作品の中心をなす日記について川端は、

「「十六歳の日記」は大正十四年、二十七歳の時に発表したが、大正三年、十六歳の五月の日記で、私が発表した作品のうちでは最も古い執筆である……私自身にとつては大切な記録である」（「全集」第二巻・あとがき）

としるし、「あとがき」については、「この日記について言ひたいことは大方その「あとがき」につきてゐる。しかしその「あとがき」は小説のつもりで書いたので、少し事実とちがふところがある」とのべている。これらのことばからも明らかなように、「十六歳の日記」は川端の文字どおりの処女作であり、「あとがき」にはフィクションが加えられている。

「文芸春秋」に発表された日記は、大正三年五月四日から十六日までのものであるが、そのつづきとみられる日付け不明の二枚ほどの日記を、戦後川端は「全集」第二巻（昭23・8新潮社刊）の「あとがき」で発表した。したがってこの「あとがき」を含めたものが、現在までのところ、完全な形での「十六歳の日記」とみなされている。「全集」第二巻の「あとがき」には、作品解明の鍵ともなりうるつぎのような記述がある。

「「十六歳の日記」の「あとがき」に、「私がこの日記を発見した時に、最も不思議に感じたのは、ここに書かれた日記のやうな生活を、私が微塵《みじん》も記憶してゐないといふことだつた。私が記憶してゐないとすると、これらの日々は何処へ行つたのだ。どこへ消へたのだ。……人間が過去の中へ失つて行くものに就いて考へた。」と書いてゐるが、この過去に経験したが記憶してゐないといふ不思議は、五十歳の現在も私には不思議で、私にとつてはこれが「十六歳の日記」の第一の問題である。

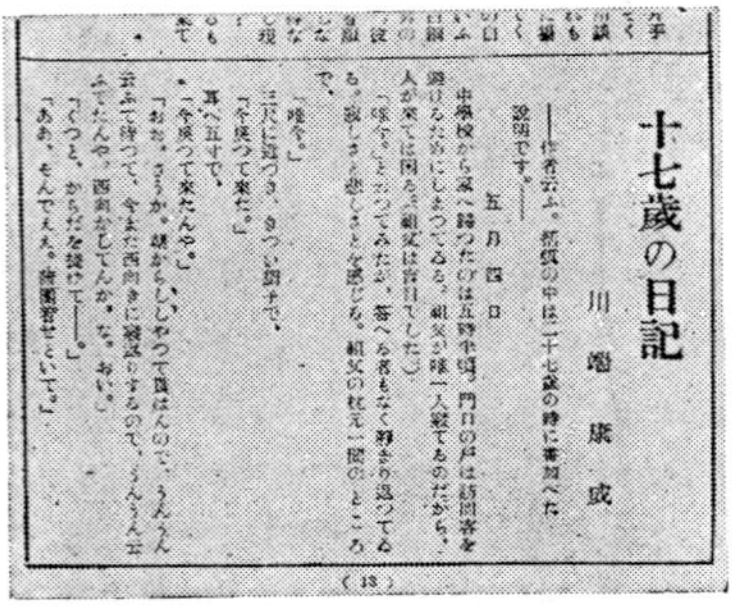
十七歳の日記
川端康成
五月四日

初出時の「十六歳の日記」
（文芸春秋大正14．8）

記憶してゐないからと言つて過去のなかへ「消へた」とも「失つた」とも簡単には考えられない。またこの作品は記憶や忘却の意味を解かうとしたものではない。時と生との意味に触れようとしたものでもない。しかし、その一つの手がかりとなり、一つの證《あか》しとなることは、私には確かである。

記憶の悪い私は記憶といふものを固くは信じない。忘却を恩寵《おんちょう》と感じる時もある。」

含みの多いいいまわしであるが、ここからは「十六歳の日記」のモチーフや発表の動機をうかがい知ることができよう。また「あとがき」には、日記執筆の動機や執筆状況を伝える、つぎのような記述もある。この前半部は、「(私は原稿紙を百枚用意して、こんな風な日記を百枚になるまで書き続けたいと思つてゐたのでした。日記が百枚になる前に祖父が死にはしないだらうかと不安でした。日記が百枚になれば祖父は助かる。――なんだかそんな気持もするのでした。そしてまた、祖父が死にさうに思へるからこそ、せめてその面影をこんな風な日記にでも写して置きたいと思つてゐたのでした。)」という、初出時の「解説」の一節をふまえてしるされたものである。

「第二の問題は、このやうな日記をなぜ私が書いたかといふことである。祖父が死にさうな気がして祖父の姿を写しておきたく思つたのにはちがひないが、死に近い病人の傍でそれの写生風な日記を綴る十六歳の私は、後から思ふと奇怪である。

五月八日の文中に、「さて、私は机に向つて原稿用紙を拡げ、おみよは坐つて、所謂《いわゆる》親密な話を聞かうと用意する。(私は祖父の言葉をそのまま筆記しようと思つたのです。)」と書いてゐる。「机」とあるけれども、「机代りの背継(踏台)の端に蠟燭《ろうそく》を立てて、その上で私は『十六歳の日記』を書いた。」といふ風に記憶してゐる。祖父はほとんど盲であつたから、私に写生されてゐるとは気づかなかつたのである。

十年後にこの日記を作品として発表することにならうとは、無論夢にも思はなかつた。作品としてとにかく読めるのは、この写生のせゐである。早成の文才ではない。祖父の言葉も筆記しようとしたために、文章を飾る暇もない速記風で、字も乱暴に続けて書き、後からは読めぬところもあつた。」

## 冷徹な眼

「十六歳の日記」は、死の床にある盲目の祖父のみとりをした日々の日記を中心として構成された、自伝風な作品である。祖父は川端にとって生存していた唯一の肉親であった。

この作品で川端は、病床に横たわる祖父の姿を、実にリアルで簡潔な筆致で写し取っている。

「茶が沸いたので飲ませる。番茶。一々介抱して飲ませる。骨立つた顔、大方禿げた白髪の頭。わなわなと顫《ふる》ふ骨と皮との手。ごくごくと一飲みごとに動く、鶴首《つるくび》の咽仏《のどぼとけ》。茶三杯。」

大正三年五月四日の日記の一節であるが、対象をいささかの感傷も混じえずに凝視する、川端の冷徹な眼、いわば「末期の眼」はすでにここに確立している。しかし同時にここには、「祖父の哀れさに涙ぐむ少年の感傷」もある。同じ日の日記にはつぎのようにしるされている。

「暫《しばら》くして、

「ぼんぼん、豊正ぼんぼん、おおい。」死人の口から出さうな勢ひのない声だ。

「ししやつてんか。いい、ししやつてんか。いい、ええ。」

病床でじつと動きもせずに、かう唸つてゐるのだから、少々まごつく。

「どうするねや。」

「溲瓶《しびん》持つて来て、ちんちんをいれてくれんのや。」

仕方がない。前を捲《まく》り、いやいやながら註文通りにしてやる。

「はいつたか。ええか。するで。大丈夫やな。」自分で自分の体の感じがないのか。

「ああ、ああ、痛《い》た、いたたつたあ、いたたつた、あ、ああ。」おしつこをする時に痛むのである。苦しい息も絶えさうな声と共に、しびんの底には谷川の清水の音。

「ああ、痛《い》たたつた。」堪へられないやうな声を聞きながら、私は涙ぐむ。」

祖父と十六歳の少年とのふれあいを、あざやかに伝える一節でもある。この一節を解説して山本健吉は、「祖父と十六歳の少年との交渉が、簡潔、的確に、一つのイメージとして造型されている。そして「しびんの底には谷川の清水の音」と、一瞬別天地のイメージが出現したりする。「秋の暮溲瓶《しびん》泉のこゑをなす」(石田波郷)という句のイメージは、川端氏の十六歳の日記が先取している」(「川端康成」)と、のべている。川端が正岡子規や高浜虚子らの写生文を読んでいたか否かは別にしても、「十六歳の日記」にみられる写実的な手法が、見聞した事物をありのままに描写して対象を鮮明に形象化しようとする、写生文派の手法に「通い合うものを持つている」ことは、一読して明らかである。それだけに「しびんの底には谷川の清水の音」というイメージが、俳人石田波郷の「秋の暮溲瓶泉のこゑをなす」という句のイメージに先取する、という山本の指摘は傾聴に値しよう。そしてそれは、醜悪なイメージを一瞬のうちに清澄なイメージに美化してしまう、いいかえれば現実をたくみに非現実化する、川端独得の発想法や表現方法のごく早いあらわれとみることもできよう。

かれは五月五日の日記に、「学校へ出た。学校は私の楽園である」としるしているが、「十六歳の日記」は、「寂しさと悲しさ」とに彩《いろど》られた川端の幼少期を端的に伝える作品として、またその資質の形成に強い影響を与えたと思われる祖父の人となりを、さまざまなエピソードを通じて明らかにした作品として、さらには、川端家が北条氏の出であるらしいことを、川端が自ら語った最初の作品として注目される。

「十六歳の日記」が発表された年、大正十四年は新感覚派の最盛期であった。川端はこの派の運動の中心人物であった。そうした状況のもとでかれが、新感覚派風な虚飾や観念性の皆無なこのような作品を、あえて発表したのはなぜか。そこにはさまざまなモメントが考えられるが、それは新感覚派の方法に対する川端の懐疑の表明ではなかったか。いずれにしてもこのことの持つ意味は、改めて問われなければなるまい。

「少年」や「現代の作家」によれば、川端は「中学二、三年のころ」から作家志望であった。それ故、この作品の中心をなす大正三年の日記自体を、「小説家を志望している少年の試作」(三枝康高)とみることも可能である。

# 感情装飾

## 処女出版

「感情装飾」は、大正十五年六月、東京神田の金星堂から刊行された川端の処女創作集である。ここには大正十一年から十五年にかけて執筆された、掌《たなごころ》の小説三十五編が収録されている。「感情装飾」の目次や広告文に「掌の小説三十六編」とあるのは、のちに川端も訂正しているように、誤りである。

「感情装飾」に収められた掌の小説は、そのほぼ三分の一が「文芸時代」に発表された作品である。川端が横光や片岡鉄兵らと同人雑誌「文芸時代」を創刊したのは、大正十三年十月のことであった。そのころ文壇では、フランス帰りの作家岡田三郎によって提唱されたコントが、十行小説、二十行小説、一枚小説、掌編小説などという名称のもとにさかんに試作され、流行のきざしをみせていた。「四百字づめの原稿用紙にして二枚乃至《ないし》十枚程度」という川端の掌の小説は、この「コント運動にみちびき出されたところが多い」ものである。しかし、掌の小説とコントは同じものではない。川端は「掌編小説の流行」で、「コントには主題の打ちどころ、材料の取扱ひ方、手法なぞに少々条件がある」が、掌の小説には「長編小説の一部分でなく、また小品文ではない短編小説」ということのほかは、「何等の条件を設けないがいい」とのべて、その

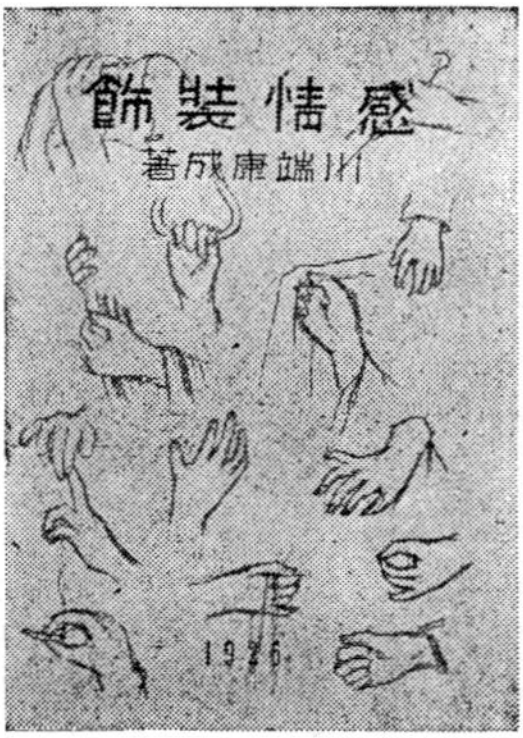

「感情装飾」初版本表紙

ちがいを明らかにしている。またかれはこうした「極めて短い形式の小説」が流行することによって、「小説創作の喜びが一般化」し、「そして、遂に掌編小説が日本特殊の発達をし、且和歌や俳句や川柳のやうに一般市井《しせい》人の手によつて無数に制作される日」の来ることを「空想」してもいる。こうした発言からも明らかなように、掌の小説は、川端が新しい文芸の創造を目ざして試みた、ひとつの実験でもあったのである。

「感情装飾」に収録された三十五編の掌の小説は、つぎのような順序で執筆された。

| | | |
|---|---|---|
| バッタと鈴虫 | 大正十一年九月稿 | 「文章倶楽部」大正十三年九月号 |
| 日向 | 大正十二年八月稿 | 「文芸春秋」同年九月号 |
| 弱き器 | 大正十三年八月稿 | 「現代文芸」同年九月号 |
| 火に行く彼女 | 〃 | 〃 |
| 鋸と出産 | 〃 | 〃 |
| 指環 | 〃 | 「文壇」同年十月号 |
| 時計 | 〃 | 〃 |

| | | |
|---|---|---|
| 髪 | 大正十三年十月稿 | 「文芸時代」同年十二月号 |
| 金糸雀《かなりや》 | 〃 | 〃 |
| 港 | 〃 | 〃 |
| 写真 | 〃 | 〃 |
| 白い花 | 〃 | 〃 |
| 敵 | 大正十三年十一月稿 | 〃 |
| 月 | 〃 | 〃 |
| 落日 | 大正十三年十二月稿 | 「文芸時代」大正十四年二月号 |
| 夏の靴 | 大正十四年一月稿 | 「文章往来」大正十五年三月号 |
| 屋根の下の貞操 | 大正十四年二月稿 | 「文芸日本」同年四月号 |
| 死顔の出来事 | 大正十四年三月稿 | |
| 人間の足音 | 大正十四年四月稿 | 「女性」同年六月号（？） |
| お信地蔵 | 大正十四年十月稿 | 「文芸時代」同年十一月号 |
| 滑り岩 | 〃 | 〃 |
| 朝鮮人 | 〃 | 〃 |
| 二十年 | 〃 | 〃 |

| | | |
|---|---|---|
| 硝子 | 大正十四年十月稿 | 「文芸時代」同年十一月号 |
| 有難う | 大正十四年十一月稿 | 「文芸春秋」同年十二月号 |
| 万歳 | 〃 | 〃 |
| 胡頽子《ぐみ》盗人 | 〃 | 〃 |
| 玉台 | 〃 | 〃 |
| 冬近し | 〃 | |
| 母 | 大正十五年一月稿 | |
| 子の立場 | 大正十五年二月稿 | 「文芸春秋」同年二月号 |
| 心中 | 〃 | 「文芸春秋」同年四月号 |
| 竜宮の乙姫 | 〃 | 〃 |
| 処女の祈り | 〃 | 〃 |
| 雀の媒酌 | 大正十五年三月稿 | 「若草」同年三月号 |

**「感情装飾」のあらまし**　「感情装飾」に収められた掌の小説は、題材においても内容や傾向においても多種多様である。それらについては川端が、「全集」第十一巻の「あとがき」で「作品それぞれの思ひ出」をのべるというかたちで解説を加え、分類している。ここではその「あとがき」を参考にしながら、

まず題材から整理しておこう。

題材ではまったくのフィクションは少なく、体験や見聞に取材した作品が多い。なかでももっとも多いのは、この前後の川端が第二の故郷として親しんだ伊豆に取材した作品である。

伊豆湯ケ島に取材した作品に「お信地蔵」「髪」「胡頽子《ぐみ》盗人」「冬近し」「処女の祈り」があり、湯ケ島の北隣り吉奈《よしな》温泉に取材した作品に「滑り岩」「玉台」がある。そのほか天城街道を背景とした作品に「有難う」「朝鮮人」(*のちの「海」)がある。また「港」「指環」「万歳」「夏の靴」の四編も、伊豆を舞台にした作品である。

川端は二十三歳の時、十六歳の娘と婚約し、まもなくかの女の愛をうしなったことがあった。「日向《ひなた》」はこの娘との交渉を題材にした作品である。そして、この「日向」の娘につながる作品に「写真」「弱き器」「火に行く彼女」「鋸《のこぎり》と出産」がある。

「中学生たちが出身の小学校へ行つて、美少女の机のものを盗んだ」りする「二十年」は、「私の思ひ出」を題材とした作品であり、「母」には「私の両親の死が裏」にある。

メルヘン「バッタと鈴虫」は、「本郷で見た」子供たちの虫取りに取材した作品である。ほかに近代化された都市の生活や風俗に取材した作品、心霊現象を題材にした作品などもある。

内容や傾向は題材以上に複雑である。川端は「あとがき」でそれを、

牧歌的な作品、神秘的傾向を持った作品、野性へのあこがれがみえる作品、無貞操の美しさを描いた作

品、家庭からの解放を描いた作品の五種類に分類している。

作家渋川驍の作品論「掌の小説」(「解釈と鑑賞」昭32・2)は、こうした川端の分類をふまえながら、掌の小説を分析したものである。渋川驍はここで、川端のいう神秘的傾向を持った作品を細分して、「夢を扱って、神秘的につながるもの」という項目を設け、さらに牧歌的な作品という項目は省いて、「自伝的色彩を帯びた作品」という項目をあらたに加えている。

渋川の「掌の小説」に従えば、「感情装飾」に収められた掌の小説は、つぎのように分類できる。

神秘的傾向を持った作品――「死顔の出来事」「金糸雀《かなりや》」「写真」「人間の足音」「雀の媒酌」「心中」「竜宮の乙姫」「処女の祈り」

夢を扱って神秘性につながるもの――「弱き器」「火に行く彼女」「鋸と出産」

家庭からの解放を描いたもの――「夏の靴」「海」

野性への憧れを主題としたもの――「お信地蔵」「夏の靴」「二十年」「処女の祈り」

無貞操の美を主題としたもの――「お信地蔵」「屋根の下の貞操」「港」「白い花」「二十年」

自伝的色彩を帯びた作品――「日向」「母」「二十年」「月」

たとえば「二十年」や「夏の靴」のように、ひとつの作品がいくつかの項目にわたって登場するのは、それぞれがさまざまな傾向や要素を内包しているからである。また、家庭からの解放といい、貞操の無視といい、野性へのあこがれといっても、それらは相互に関連し合うものであって、別のものではないからでもある。

渋川驍の分類からは省かれたが、川端が牧歌的な作品としてあげたのは、「有難う」「万歳」「胡頽子盗人」「冬近し」などの、伊豆に取材した作品群である。

伊藤整にも分類の試みがある。伊藤整は「掌の小説百篇」（新潮文庫）の「解説」で、「川端康成氏におけるこの短い作品は、その使はれ方が一様でない。第一の種類としては、大正中期に菊池寛や久米正雄などがよく書いたテーマ小説といふものの圧縮型として使はれてゐるものがある。第二には、ある生活の一場面の、よくまとまつた写生文としてこの短い散文形式が生かされてゐる。第三には、散文詩風の幻想や夢を描いたものがある。そしてそれ等のどれかと結びつきながら、内容から言ふと、生の認識を短く鋭くまとめたものが第四として数へられるであらう」と、のべている。

伊藤整の分類に、テーマ小説の圧縮型、写生文などという項目が登場するのは、その視角が川端や渋川驍のそれとは異なるからである。分類の試みはほかにもあって、新たな視角や項目が設定され、提出されているが、それらはつまり、川端の掌の小説が主題や傾向において、多種多様であることを示すものにほかならない。

**新感覚派の代表作**

「感情装飾」は、横光利一の「日輪」や「蠅」、片岡鉄兵の「綱の上の少女」などとともに、新感覚派の代表作として数えられている作品集である。

新感覚派の運動は、「文芸を本源的に新しくする」ことを目ざした運動であって、単なる文体改革運動ではなかった。しかしこの派の作風の最大の特色が文体にあったことは事実である。それ故ここではまず「感情装飾」の文体についてのべることから始めよう。

吉奈温泉に取材した作品「滑り岩」に、つぎのような一節がある。滑り岩は、湯の中から突き立ってつやつやと黒く、岩の上から滑り降りると子供ができるといわれている岩である。

「滑り岩に白い蛙が吸ひついてゐる。うつぶせになつた彼女は手を離した。踵《かかと》を上げた。ぬるぬる滑り落ちた。湯がげらげら黄色く笑つた。」(傍点筆者)

子供を欲しい女が、岩の上から湯の中に滑り落ちるまでを描写した文章である。「蛙が吸ひついてゐる」と「湯が……笑つた」は擬人法で、「白い蛙」は暗喩《ゆ》である。「ぬるぬる滑り落ちた」の「ぬるぬる」という触覚的表現には、作者の感覚が移入されていよう。「湯がげらげら黄色く笑つた」という部分は、直接的には女が滑り落ちたことによって生じた湯の変化を描いたものである。「げらげら」はオノマトペ(擬声音)であり、聴覚的なイメージである。この聴覚的イメージは、つぎの瞬間、「黄色く」という視覚的なイメージに転調し、急激に融け合いながら「笑つた」にかかってゆき、迷信を信じて岩を滑る人間を嘲笑《ちょうしょう》する、湯の無気味な笑いを際立《きわだ》たせる。この部分は前半部に置かれた一節、「彼はこの滑り岩を見る度に、「この怪物は人類を嘲つてゐやがる。」と感じる」に照応するものである。そしてこの湯や岩が笑うという擬人法には、川端の、万物に精霊の存在を認める「万有霊魂説」への傾斜が反映されていよう。

擬人法やオノマトペの使用、唐突《とうとつ》なイメージや連想の組み合わせは、新感覚派の人々が表現に意識的に採《と》り入れたものである。また、山の湯の秋の暮色を地色にした、岩の黒、女の裸身の白という印象的な配色は、それ自体川端の色彩感覚の鋭さを語るものであるが、同時に、色彩を作品の情調や雰囲気の醸成要素として重視した、新感覚派のひとつの傾向を示すものでもあった。新感覚派風な感覚的表現は、無論ほかにもある。

「少女は靴を履くと、後をも見ず白鷺のやうに小山の上の感化院へ飛んで帰つた。」(「夏の靴」)

という一節にみられるリズミカルな躍動感を盛りこんだ文体や、「屋根の下の貞操」の冒頭に用いられている、つぎのようなテンポの早いリフレイン(くり返し)は、新感覚派に固有のものである。

「――午後四時公園の丘でお待ちいたします。
――午後四時公園の丘でお待ちいたします。
――午後四時公園の丘でお待ちいたします。
彼女は三人の男に同じ速達郵便を出した。」

いずれも知的な操作の跡をはっきりととどめる、人工的な文体である。「感情装飾」が「新感覚派の精華」と評されたりしたのも、ひとつにはこの種の、いわゆる新感覚派的表現が散見されるからである。

新感覚派の特色は、文体のほかに主観的な発想法にある。それはこの派においては、たとえば横光利一の「ナポレオンと田虫」や「静かなる羅列」などにみられるように、観念的な傾向を帯びがちであったが、

「感情装飾」においては抒情への傾斜が目だつ。

このことは、川端のつぎのような述懐からも、ある程度うかがえよう。かれは、「心中」については、「「心中」はこれで愛のかなしさを突いたつもりであつた」とのべ、「お信地蔵」「港」「二十年」などの無貞操の美を描いた作品群については、「私は無貞操そのものを書いたのではない。女の貞操について考へ、無貞操について考へたといふわけではない。一つの象徴として無貞操を歌にしたに過ぎないであらう。またここに書かれた女たちは多く無智であり、また無道徳である。しかし、この無智、無道徳も無貞操と同じやうに、それについての私の考へを書かうとしたのではない。いのちの悲哀と自由との象徴と言へるかもしれない」(「全集」第十一巻・あとがき)と書いている。

川端は孤児として生いたち、中学生のころから「枕草子」や「源氏物語」などの平安朝女流文学に親しんだ。諦観や無常感を内に秘めて、「あはれ」に息づく王朝の美意識は、そのころから「深く彼の内部に食ひ入つて生きて」いた。かれの抒情は、この伝統に連なる美意識に根ざしたものであり、「感情装飾」においてはそれが、比較的ナイーブなかたちのままであらわれている。新感覚派の作家としての、ひいては現代作家としての川端の特異性はここにある。

自らの掌の小説について川端は、百編の掌の小説を収めて刊行された「川端康成選集・第一巻」の「あとがき」で、

「……私の旧作のうちで、最もなつかしく、最も愛し、今も尚《なお》最も多くの人に贈りたいと思ふのは、実は

これらの掌の小説である。この巻の作品の大半は二十代に書いた。多くの文学者が若い頃に詩を書くが、私は詩の代りに掌の小説を書いたのであつたらう。無理にこしらへた作もあるけれども、またおのづから流れ出たよい作も少くない。今日から見るとこの巻を『僕の標本室』とするには不満はあつても若い日の詩精神はかなり生きてゐると思ふ。」

とのべているが、「感情装飾」の特質も、「無理にこしらへた作もあるけれども、またおのづから流れ出たよい作も少くない」ところにある。

# 伊豆の踊子

「伊豆の踊子」は、同人雑誌「文芸時代」の大正十五年一月号と二月号に分載され、のち第二短編集「伊豆の踊子」（昭2・3金星堂刊）に、「十六歳の日記」などとともに収められた短編小説である。

**出世作**

この作品の発表年月については従来しばしば誤り伝えられてきたが、それはおよそつぎのようないきさつがあってのことであった。

「「伊豆の踊子」の発表年月について、私は幾度も質問の手紙を受けた。「文芸時代」の大正十五年一月号、二月号、あるひは二月号、三月号、あるひは二月号、四月号、この三通りが年表や解説に行はれてゐるからだが、これはまつたく私の誤りに出たことであつた。私自身でつくつておいた執筆年表の手控へに、「二月号、四月号」とあるので、私は新潮社版の全集その他の年表にも、自分で「二月号、四月号」と書き、質問の手紙にもさう答へた。それが正しいと信じてゐた。「文芸時代」の複刻版を見て、初めて自分のまちがひを明らかに知らされた。長年、自分のまちがひを正しいものと押し通さうとしてゐたのである。手控へは雑誌の切抜と照し合せて、多分二十年も前に書いたのだから、正しいと信じこんで来たが、自分でつくつた自分の記録にも誤りはあると思ひ知つた。」

最近のかれのエッセイ「一草一花」の一節である。

「伊豆の踊子」の題材となった川端の伊豆への旅は、大正七年、「私は二十歳」の秋のことであった。

「一高生の私が初めてこの地に来た夜、美しい旅の踊子がこの宿へ踊りに来た。翌日、天城峠の茶屋でその踊子に会つた。そして南伊豆を下田まで一週間程、旅芸人の道づれにしてもらつて旅をした。その年踊子は十四だつた。」(「湯ケ島温泉」)

四年後の大正十一年十一月、かれはこの体験を伊豆湯ケ島で、「湯ケ島での思ひ出」として書きとめた。

「「湯ケ島での思ひ出」は四百字づめ原稿紙で百七枚書いてある。未完である。六枚目から四十三枚目までは旅芸人と天城を越えて下田へ旅をした思ひ出で、これを後に「伊豆の踊子」といふ小説に書き直した。踊子と歩いたのが大正七年で私は二十歳、「湯ケ島での思ひ出」を書いたのは二十四歳で大正十一年、「伊豆の踊子」は二十八歳の作である。」(「少年」)

「少年」によれば、「「伊豆の踊子」はほとんど「湯ケ島での思ひ出」の原形のままで小説らしいものになつた」作品である。

「伊豆の踊子」の執筆動機および成立に関しては、細川皓(川嶋至)の「川端康成論」に、つぎのような注目すべき指摘がある。川端には数え年二十三歳の秋、十六歳の少女「みち子」(＊仮名)と婚約し、「不可解な裏切り」にあう、という体験があった。それは大正十年の秋から冬にかけての出来事であった。「伊豆の踊子」の原型をなす「湯ケ島での思ひ出」が書かれたのは、その翌年大正十一年のことであるから、「湯ケ島での思ひ出」も、「みち子の一件に当然かかわりを持つはずなのである」と、細川皓はまず指摘する。そして細川皓は、川端のみち子への慕情の激しさを日記や書簡などを引用しながら証明したあと、さらに「四年前の踊子は、「湯ケ島での思ひ出」を書く川端氏の眼前に、一年前のみち子の面影を帯びて現われたのである。四年前の、印象も薄れかけた踊子の姿を、失恋の記憶もなまなましいみち子の面影によって肉づけするということは、あり得ないことではない。もしそうであったとすれば、川端氏にとって、「伊豆の踊子」は、古風な髪を結い、旅芸人姿に身をやつした、みち子に他ならなかったのである。」とのべ、「一見素朴な青春の淡い思い出をありのままに書き流したかにみえるこの「伊豆の踊子」という作品は、氏の実生活における失恋という貴重な体験を代償として生まれた作品だったのである」という。

細川皓は自らの見解を「大胆な仮説」と称しているが、この「大胆な仮説」に対して川端は、「一木一草」でつぎのように答えている。

「作者の私には、この「仮説」は思ひがけないものであつた。あるひは、気がつかないことであつた。「伊豆の踊子」の面影に「みち子」の面影を重ねることなど、まつたく作者の意識にはなかつた。踊子と「みち子」とのちがひは、まだ二十代の私の記憶で明らかだつたし、踊子を書く時に「みち子」は私に浮んで来なかつた。しかし、「伊豆の踊子」の草稿である「湯ケ島での思ひ出」を書いた、大正十一年、二十三歳の私は、恋愛(ではないやうな婚約)の「破局」の「直後」だから、相手の娘は強く心にあつた。「湯ケ島での思ひ出」を書く予定で伊豆へ行つたのではなかつたが、傷心がこれを書かせる動機となつたのではあつたらう。してみると、「伊豆の踊子」は「失恋という貴重な体験を代償として生まれた作品」といふ細川氏の見方は的確なのだらうか。」

## あらすじ

「道がつづら折りになつて、いよいよ天城峠《あまぎとうげ》に近づいたと思ふ頃、雨脚《あまあし》が杉の密林を白く染めながら、すさまじい早さで麓から私を追つて来た。」

私は二十歳、一高の制帽をかぶり、紺がすりの着物にはかまをつけていた。修善寺温泉に一泊し、湯ケ島に二泊した私は、「一つの期待に」胸をときめかせながら、山道を急いでいるのだった。峠の北口の茶屋の入口で、私は立ちすくんでしまった。期待があまりにもみごとに的中したからである。そこに旅芸人の一行が休んでいた。

女四人、男一人の一行であった。「踊子は十七くらゐに見えた。私には分らない古風の不思議に大きく髪を結つてゐた。それが卵形の凛々《りり》しい顔を非常に小さく見せながらも、美しく調和してゐた」。私は一行をそれまでに二度見ていた。

旅芸人の一行はしばらく休んでから茶屋を発った。「私も落着いてゐる場合ではないのだが、胸騒ぎがするばかりで立ち上る勇気が出なかつた。」私の問いに答えて茶屋の婆さんはいった。

「あんな者、どこで泊るやら分るものでございますか、旦那様。お客があればあり次第、どこにだつて泊

踊り子

るんでございますよ。」軽蔑を含んだ婆さんの言葉に煽《あお》りたてられた私は、一行のあとを追った。

峠のトンネルを過ぎてまもなく、旅芸人の一行に追いついた私は、男と並んで歩き始めた。一行は大島の波浮《はぶ》の港の人たちだった。私は下田まで一緒に旅をしたいと思いきっていった。男は大変喜んだ。

湯ケ野の木賃宿《きちんやど》では踊り子が茶を運んでくれた。「私の前に坐ると、真赤になりながら手をぶるぶる顫《ふる》はせるので茶碗が茶托《たく》から落ちかかり、落すまいと畳《たたみ》に置く拍子に茶をこぼしてしまつた。余りにひどいはにかみやうなので、私はあつけにとられた。」一時間ほどして男が私を別の温泉宿に案内してくれた。夕暮れからひどい雨になった。太鼓の響きがかすかに聞こえてきた。そしてぴたと静まりかえってしまった。「私は眼を光らせた。この静けさが何であるかを闇を通して見ようとした。踊子の今夜が汚れるのであらうかと悩ましかつた。」雨が上がって、月が出た。

翌日は南伊豆の小春日和《こはるびより》、昨夜の悩ましさが夢のように感じられた。川向こうの共同湯には七、八人の裸体がぼんやり浮かんでいた。湯殿の奥から突然裸の女が走り出してきた。

「脱衣場の突鼻《とっぱな》に川岸へ飛び下りさうな恰好《かっこう》で立ち、両手を一ぱいに伸して何か叫んでゐる。手拭もない真裸だ。それが踊子だつた。若桐のやうに足のよく伸びた白い裸身を眺めて、私は心に清水を感じ、ほうつと深い息を吐いてから、ことこと笑つた。子供なんだ。私達を見つけた喜びで真裸のまま日の光の中に飛び出し、爪先きで背一ぱいに伸び上る程に子供なんだ。」

私は笑いつづけた。踊り子の髪が豊かすぎるので、とんでもない思い違いをしていたのだ。

翌朝、私は一行を宿にたずねた。芸人たちはまだ床の中にいた。芸人たちが湯に行ったあと、私は踊り子と五目並べをした。かの女は不思議に強かった。「二人きりだから、初めのうち彼女は遠くの方から手を伸して石を下してゐたが、だんだん我を忘れて一心に碁盤の上へ覆ひかぶさつて来た。不自然な程美しい黒髪が私の胸に触れさうになつた。突然、ぱつと紅くなつて、

「御免なさい。叱られる。」

と石を投げ出したまま、飛び出して行つた。」

その夜私は、大島のかれらの家に誘われた。宿を出る時踊り子が私にいった。

「ああ、お月さま。——明日は下田、嬉《うれ》しいな。……活動へ連れて行つて下さいましね。」

翌朝、私と旅芸人の一行は下田へ向かった。私が足を早めると一行はみるみるうちにおくれてしまったが、踊り子はひとり裾《すそ》を高くかかげてついてきた。踊り子は暑そうだった。「ああ水が飲みたい。」と私がいうと、かの女は水を探しに行ったが、まもなく帰ってきた。私はふたたび歩き始めた。すると泉をみつけた踊り子が走ってきた。女たちは泉のまわりで「女の後は汚いだらうと思つて」といいながら、水を飲まずに

待っていた。

私は女たちの先を歩いていた。低い声で踊り子がいうのが聞こえた。

「いい人ね。」

「それはさう、いい人らしい。」

「ほんとうにいい人ね。いい人はいいね。」

「この物言ひは単純で明けつ放しな響きを持つてゐた。感情の傾きをぽいと幼く投げ出して見せた声だつた。私自身にも自分をいい人だと素直に感じることが出来た。晴々と眼を上げて明るい山々を眺めた。瞼の裏が微かに痛んだ。二十歳の私は自分の性質が孤児根性で歪《ゆが》んでゐると厳しい反省を重ね、その息苦しい憂鬱に堪へ切れないで伊豆の旅に出て来てゐるのだつた。だから、世間尋常の意味で自分がいい人に見えることは、言ひやうなく有難いのだつた。」

途中、ところどころの村の入口に立て札があった。——物乞《ものご》ひ旅芸人村に入るべからず。

下田では甲州屋という木賃宿に泊った。踊り子は、私を見ると母親にすがりついて活動に行かせてくれとせがんだが、許されなかった。出立の朝、男は羽織を着こんで私を送りにきた。乗船場に近づくと、海際にうづくまっている踊り子の姿が見えた。「眦《まなじり》の紅が怒つてゐるかのやうな顔に幼い凛々《りり》しさを与へてゐた。」踊り子は堀割が海にはいるところを見つめたまま、ひと言もいわなかった。

船に向かうはしけはひどく揺《ゆ》れた。踊り子は唇をきっと閉じたまま、一方を見つめていた。ずっと遠ざかってから踊り子が白いものを振り始めた。

船室の中で私は涙がぽろぽろ流れた。横には少年が寝ていた。少し話してからかれはいった。

「何か御不幸でもおありになつたのですか。」

「いいえ、今人に別れて来たんです。」

「私は非常に素直に言つた。泣いてゐるのを見られても平気だつた。私は何も考へてゐなかつた。ただ清《すが》清《すが》しい満足の中に静かに眠つてゐるやうだつた。」

## 抒情の美

「伊豆の踊子」は、一編の美しい抒情詩ともいうべき珠玉の青春物語である。この作品を評して伊藤整が、

「かういふ純粋な青春の歌を書くことは近代の作家にはますます困難になつて来てゐる……。日本の近代文学には「ウエルテルの悲しみ」とか「アタラとルネ」と言ふやうな真の浪漫期はほとんど見られなかつた故、この作や伊藤左千夫の「野菊の墓」などは極めて珍重すべきものである。」（「川端康成」）

とのべているのもうなずけるところである。

「伊豆の踊子」は、当時、新感覚派の機関誌と目されていた「文芸時代」に発表された作品であるが、新感覚派風な虚飾の跡はここにはない。作品の全編を流れるものは、ナイーブで甘美な青春前期の抒情である。ところで、この甘美な抒情は、どこから、何によってもたらされたものであろうか。ここでこのことにつ

いて考えてみよう。

「伊豆の踊子」の原型「湯ケ島での思ひ出」を書いていたころの川端が、はじめての失恋による激しい心の痛みのなかにいたことは前述した。この作品の背景には、すでにくり返し指摘されているように、失恋による傷心を純愛の思い出によっていやそうとする、作者の緊迫した心情がある。そして、それが緊迫したものであればあるほど、「かえつて、作品はいつそう純化されることになつた」（磯貝英夫）という関係が考えられる。このことのもつ重みを把握したうえで、この作品に定着された抒情が、どのようなメカニズム（構造）から生まれたものかをつぎに検討しよう。

まず第一に注目されるのは、「伊豆の踊子」が旅先でのできごとを題材にした作品である、ということである。旅は、人を日常的な生活環境から解放する。そしてそのなかで人は特殊な感情を味わう。それを旅情といっても、漂泊感といってもよいのだが、いずれにしても「伊豆の踊子」の基調をなすものは、この種の感情である。この作品の抒情は、つまり旅情と分かち難く結びついたもの、旅情を核としたもの、といえるのである。このことに関連してさらにつぎのような点が注目される。

「伊豆の踊子」が発表されてからほぼ七年ののち、この作品は五所平之助の監督で映画化されたが、その際川端はつぎのようにのべている。

「……田中絹代の踊子はよかつた。殊に半纏《はんてん》をひつかけて肩のいかつた後姿がよかつた。いかにも楽しげに親身に演じてゐたことも、私を喜ばせた。若水絹子の兄嫁は早産後の旅やつれの感じが実によく出てゐる。見せ場がなく手持無沙汰なのも、反つて愁へを添へた。しかし、これは本物の彼女にくらべて、勿体《もったい》ない美しさであつた。本物の彼女等夫婦は、悪い病の腫物《はれもの》に悩んでゐた。彼女等は朝など足腰の痛みで、容易に寝床を起き上れなかつた。兄は温泉のなかで足の膏薬《こうやく》をはりかへた。共に湯のなかの私は見るに忍びなかつた。水のやうに透き通つた子が産れたのも、この病のためであつたらう。『伊豆の踊子』を楽に書き流した時に、ただ一つの迷ひはこの病のことを書かうか書くまいかといふことであつた。それが書けてゐたらば、少うし感じのちがつた作品になつただらう。ところが意地悪く、その後も折ある度に、この腫物の幻は、踊子の目尻の紅に劣らぬ強さで、私を追つかけて来るのである。おふくろはいかにも薄汚なかつた。踊子は目と口、また髪や顔の輪郭が不自然なほど綺麗なのに、鼻だけはちよぽんといたづらにつけたやうに小さかつた。しかし、それらを書かなかつたのは、なにも気にかからない。なぜかただ腫物だけが、この文章を書きながら四五日の間、病のことを明すか隠すかが絶えず胸を行き交ひ、今もそれを書くところまで来て、三四時間筆を止めてゐるうちに、夜が明け、頭が痛くなり、たうとう書いてしまつた。書けば後悔するだらうが、書かなければまた、これからも腫物に追はれつづけて、度々頭が痛くなるだらう。人間ていやなものだと自分がうとまれもするが、反対に自分がいとしまれもする。」(「『伊豆の踊子』の映画化に際し」)

ここに明らかなように、この自伝風な作品においては、姉夫婦の「悪い病の腫物」という醜悪な事実が、意識的に省略されている。省略を捨象というが、捨象自体は珍しいことではないので問題にするにはあたらない。しかし「伊豆の踊子」においては、作品全体の「感じ」にかかわるほどの重要な事実が捨象されていることに注目したい。「伊豆の踊子」の抒情は、つまりこの種の現実捨象によってあがなわれたものにほかならない。

「伊豆の踊子」においては、すべてが一高生である「私」の目を通して描かれているが、つぎにこの「私」のあつかいかたが注目される。「伊豆の踊子」の「私」は、いわゆる私小説の私とはちがって、物語の語り手である。「私」は見たり、感じたりしたことをひたすらものがたる。そして、そうすることによって踊り子の美しさは、くっきりと浮き彫りにされる。この「私」は、中村光夫がいうように「半ば意識的に非個性化された、物語の語り手であり、ちょうど能の舞台の脇役のように、踊り子を登場させ、彼女を引立て」ているのである。無論、「私」と「踊子」の間に、ある種の感情の交流がないというわけではない。しかし「私」は、「非個性化された」存在であるから、対象の世界に行為者としてはたらきかけたりはしない。どこまでいってもその関係は変わるものではない。磯貝英夫がいうように、「主人公は芸人たちの郷里大島を訪れる約束をするが、かりにその約束が実現しても、そして、そこまで作品が延長することがあつても、この関係には決して変化はあるまいと思われる。もしこの関係に変化が起こるならば、そのとたんにこの抒情世界は崩壊することになる」はずのものである。「伊豆の踊子」の抒情は、「私」を物語の忠実な語り手として設定したことからも生まれているのである。なおここに指摘した三点は、いずれも川端の美意識や方法、いいかえれば川端文学の本質にかかわるものであって、単なる技巧ではないことを付記しておこう。

# 「禽獣」

「禽獣」は、昭和八年七月「改造」に発表され、昭和十年五月野田書房から刊行された創作集「禽獣」に収められた、未完の短編小説である。

## 嫌悪

昭和四年、上野桜木町に移り住んだころから川端が、たくさんの犬や小鳥を飼うようになっていたことは第一編にもしるしたが、「禽獣」を発表した年の三月、かれは「愛犬家心得」でつぎのようにのべている。

「先づ牝犬を飼つて、その子供を育ててみるのが愛犬家心得の一つである。犬の妙味といふものは、自分が臍《へそ》の緒を切つてやつた子犬を育て上げないと、十分には知れないのである。腹をいためた実子と貰ひ子とのちがひは、たしかに犬にもある。犬を飼うといふよりも、犬を育てるといふ心持をどこまでも失はないのは、愛犬家心得の一つである。小鳥にしろ、犬にしろ、子飼ひにしくはないのである。正月といふもののきらひな私は、枕もとに小鳥籠を竝《なら》べ、寝床に小型の犬を入れ、蒲団の上に木の葉みみづくを仰向けに眠らせ、せめて敷布と枕覆ひを新しくし、この三ケ日をぼんやり寝て暮すつもりである。」

また、そのころの川端の私生活を伝えるものに、作家中山義秀のつぎのような回想もある。

「川端さんは昭和十年の頃、上野の谷中墓地側に住んでいた。……

その時分に川端さんを訪ねたのが、最初であつたろう。川端さんは二階の書斎に、幾種類かの小鳥を飼つていた。いずれもすり餌で養う珍種だつたようである。

私の訪ねた日、雨戸のなかばとざされた薄暗い部屋の窓に、幾つとなくならべ置かれた鳥籠のうち、菊いたゞきが一羽落ちていた。それを籠ごと川端さんがむぞうさに押入れの中へ突込んだのを憶えている。

落ちた小鳥が無言だつたように、川端さんも無言だつた。」（「昔のこと」）


こうした生活のなかから生み出された作品が「禽獣」である。

「禽獣」は、川端の小鳥や犬を飼う人間の心情の内に潜む「いやらしさ」（山本健吉）に対する嫌悪の念から生まれた作品であろうか。川端は、「文学的自叙伝」では「『死体紹介人』や『禽獣』は、出来るだけ、いやらしいものを書いてやれと、いささか意地悪まぎれの作品であつて、それを尚美しいと批評されると、情なくなる」といい、「現代の作家」では、「私のことを言う時には、決つて『禽獣』（昭和八年作）が引かれるが、読んでみると、自分ではいやな気のする作品だ。書いた時すでに、一ついやらしい小説を書いてやれ、といつたような気持があつた。自己嫌悪のたまらない気持で、一晩で書き上げたものである。」とのべている。

「禽獣」が一晩で書き上げられた作品であることは、当時改造社の編集部にいた作家深田久弥の、「名作「禽獣」は一晩で出来上つた。これも「改造」に載つて、その原稿は上林暁君が取つて来たのだが、締切の

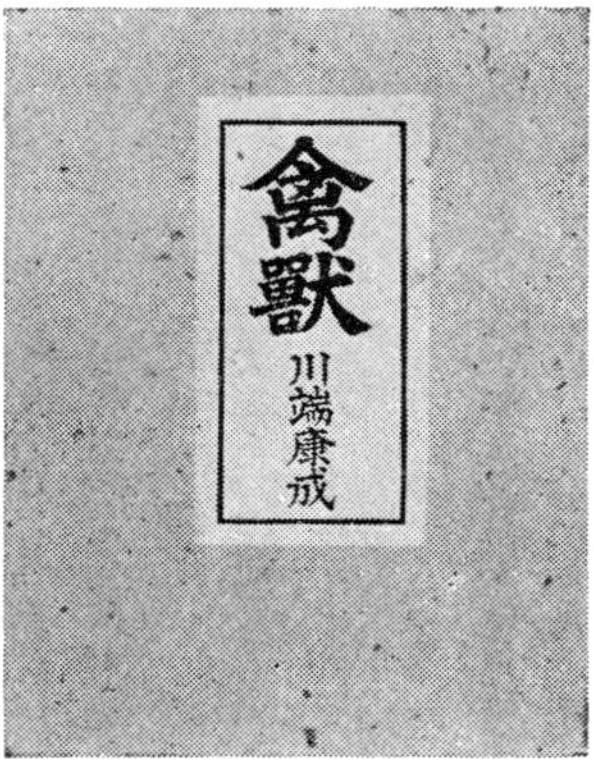

「禽獣」初版本表紙

前晩まで一字も書いていなかつたのに、翌朝行つてみると五十枚余の「禽獣」が出来上つていた」（「親切な人」）という回想からも確かめられる。

なお「禽獣」は、

「ちやうど彼は、十六で死んだ少女の遺稿集を懐に持つてゐた。少年少女の文章を読むことが、この頃の彼はなにより楽しかつた。十六の少女の母は、死顔を化粧してやつたらしく、娘の死の日の日記の終りに書いてゐる、その文句は、

「生れて初めて化粧したる顔、花嫁の如し。」」

という一節で終わっているが、この遺稿集とは、高見順が「昭和文学盛衰史」で指摘しているように、「山川彌千枝遺稿集」のことである。

**あらすじ**

「小鳥の鳴声に、彼の白日夢は破れた。」かれは千花子の舞踊の発表会場に向かうタクシイの中にいた。「帰ったら今夜こそ忘れんやうに、菊戴《きくいただき》を捨ててくれ。まだ二階の押入にあのままだらう。」と、かれは同乗の少女にいった。菊戴が死んでから、もう一週間も経っていた。

菊戴は、可憐で高雅な気品のある小鳥である。小鳥屋がそれを持ってきたのは夜のことであった。神棚に

あげておいた菊戴の寝姿は美しかった。「二羽の鳥は寄り添つて、それぞれの首を相手の体の羽毛のなかに突つこみ合ひ、ちやうど一つの毛糸の鞠《まり》のやうに円く」なっていた。四十近い独身のかれは、胸が幼ごころに温まるのを覚えて、長いことそれを見ていた。翌日からは食事時も鳥籠を食卓に置いて眺めていた。客に会う時もかれは身辺から愛玩動物を離したことはなかった。

「「僕は年のせゐか、男と会ふのがだんだんいやになつて来てね。男つていやなもんだね。直ぐこつちが疲れる。飯を食ふのも、旅行をするのも、相手はやつぱり女に限るね。」

「結婚したらいいぢやないか。」

「それもね、薄情さうに見える女の方がいいんだから、だめだよ。こいつは薄情だなと思ひながら、知らん顔でつきあつてるのが、結局一番楽だね。」

そんなことを彼は客にうわの空でいつた。」

小鳥屋は新しい鳥が入るたびに、かれの家へ持ってきた。女中はいやがるが、かれにしてみれば、「新しい小鳥の来た日には、全く生活がみづみづしい思ひに満される」のであった。

菊戴は落鳥しやすい鳥である。かれは百舌《もず》の子を手にいれた。捨てられた雌のひばりの子も手にいれようとした。

かれは犬も雌ばかりを飼っていた。それは「犬の出産と育児が、彼にはなによりも楽しい」からであった。ある時、あやしげなボストン・テリアが出産したことがあった。この犬はまだ若かった。

「従つてその眼差《まなざし》は、分娩《ぶんべん》といふものの実感が分らぬげに見えた。「自分の体には今いつたい、なにごとが起つてゐるのだらう。なんだか知らないが、困つたことのやうだ。どうしたらいいのだらう。」と、少しきまり悪さうにはにかみながら、しかし大変あどけなく人まかせで、自分のしてゐることに、なんの責任も感じてゐないらしい。

だから彼は、十年も前の千花子を思ひ出したのであつた。その頃、彼女は彼に自分を売る時に、ちやうどこの犬のやうな顔をしたものだ。」

子犬はつぎつぎに生まれ、そして死んでいった。しばらくして母犬は嬉々《きき》として駆け回り始めたが、それを見たかれは、「ふいとまた千花子」を思い出した。別の男のもとへ走って舞踊を習い、子を産んだ千花子を。

かれがひばりの子を見ていた間に、水浴中の菊戴が指を痛めた。「彼は書斎の扉に鍵をかけて、閉じこもりながら、小鳥の両足を自分の口に入れて温めてやつた。舌ざはりは哀憐の涙を催すほどであつた。やがて彼の掌《たなごころ》の汗が翼を湿らせた。唾《つばき》で潤《うるお》つて、小鳥の足指は少し柔らいだ」が、それから六日目の朝菊戴は死んだ。

かれは千花子の踊りを二年ぶりに見るのであった。しかし、かつて魅力のあったかの女の踊りは、無慚《むざん》に堕落していた。千花子に招かれて、休憩時間に楽屋をたずねたかれは、千花子が、「静かに目を閉ぢ、こころもち上向いて首を伸ばし、自分を相手へ任《まか》せ切つた」ようすで、若い男に化粧させているのを隠れ見た。

かれは十年ほど前に、千花子と心中しようとしたことがあった。その時かの女は「無心に目を閉ぢ、少し首を伸ばし」て、それから合掌した。化粧を若い男にさせている千花子が、かの女のその昔の合掌した顔を、思い出させたのである。「さつきも、自動車に乗ると直ぐ浮んだ白日夢」は、これであった。かれはかの女に声もかけずに引き返したのであった。

## 虚無

「禽獣」は特異な心境小説である。ここには、家のなかが小鳥と犬で満たされるような生活をしていたころの、川端の感慨なり心境なりが投影されている。しかし、冷徹非情な眼の持ち主である主人公「彼」は、「作者その人の基本的感受性の純粋定着をねらつて生み出された」（磯貝英夫）人物であり、川端がいうように、「「禽獣」の「彼」は私ではない」（「抒情歌・禽獣」・あとがき）のである。そういう意味で「禽獣」は、心境小説としては特異な作品なのである。「禽獣」とその主人公「彼」について、山本健吉はつぎのようにのべている。

「これは小鳥や犬を飼う男の心理的記録であり、小動物を通じての一種の心境小説である点で、志賀直哉の『城の崎にて』『濠端《ほりばた》の住ひ』葛西善蔵の『春』梶井基次郎の『交尾』島木健作の『赤蛙』尾崎一雄の『虫のいろいろ』などと、似ていると言えないこともない。だがその中で、心境と言うにはあまりに抽象化された、実体のない生活記録である点で、これらの作品と根本的に異なつている。

この作品の主人公は、『雪国』の島村の原型である。この二人においては、その実生活は完全に捨象されてしまつて、繊細な美的感受性だけが、ピチピチ生きて動いている。これは『伊豆の踊子』に見とれたようなナイーブな抒情世界ではない。女中一人だけ置いて暮らしている、この独身の人間嫌いは、小鳥や犬などを飼つて暮らしながら、人間世界から完全に遮断《しゃだん》されている。」（「川端康成」）

主人公の実生活の捨象と人間世界からの遮断は、その繊細な感受性の純粋定着のためには不可欠な操作であったのである。

川端は自らの作風について、「連想の浮び流れるにつれて書いてゆきたい私は、書くにつれて連想が湧いて出る。だれだつてそうであるが、自分はその癖が強いのではないかと思う」（「枕の草子」）とのべているが、「禽獣」はこの連想の流れにしたがって書かれた作品である。

「禽獣」はつぎのような一節で始まる。

「小鳥の鳴声に、彼の白日夢は破れた。

芝居の舞台で見る、重罪人を運ぶための唐丸籠《とうまるかご》、あれの二三倍も大きい鳥籠が、もう老朽のトラックに乗つてゐた。

葬ひの自動車の列の間へ、いつの間にか彼のタクシイは乗り入つてゐたらしい。……」

ここで「読者はいきなり、不意打のように『彼』という人物の意識の中に引きずりこまれる」（佐伯彰一）。この冒頭以下、全編はつぎのような「十七のフラグメント」（三枝康高）によって構成されている。

(1) 舞踏会への途中　(2) 菊戴の死　(3) 彼の感想　(4) 菊戴の死　(5) 彼の感想　(6) 犬の出産　(7)

千花子の回想 (8) 犬の出産 (9) 千花子の回想 (10) 彼の感想 (11) 菊戴の死 (12) 紅雀 (13) 菊戴の死 (14) 百舌《もず》と木菟《みみずく》 (15) 舞踏会の楽屋 (16)千花子の回想 (17) 現実の千花子

そしてそれらは、たとえば(1)で出会った葬列が(2)の菊戴《きくいただき》の死骸を連想させ、(6)の出産中の犬の顔が、(7)の体を売る千花子のあどけない顔を想起させるというふうに、時の過去への逆転のなかで、相互に関連しあっている。その連想の流れの自然さに、川端の技巧の冴えをみとめることもできよう。しかしそれはまた、作品の構成への厳密な配慮の放棄、といえなくはないのである。そのいずれにしても「禽獣」が、「連想の浮び流れるにつれて書いて」ゆく川端の作風の頂点を示す作品であることは疑いない。評論家の寺田透は否定的な意味をこめていっている。「禽獣」は「日本の連想の流れ小説としてたしかに行きつくところまで行った」(『同時代の文学者』)作品である、と。

ところで、「禽獣」においては、作品の性格や構成のはらむ問題以上に、主人公「彼」の無気味な眼に注目しなければならない。

「雛の間は雌雄の分らぬ小鳥がある。小鳥屋はとにかく山から一つの巣の雛をそつくり持つて帰るが、雌と分り次第に捨ててしまふ。鳴かぬ雛は売れぬのだ。動物を愛するといふことも、やがてはそのすぐれたものを求めるやうになるのは当然であつて、一方にかういふ冷酷が根を張るのを避けがたい。彼はどんな愛玩動物でも見ればほしくなる性質だが、さういふ浮気心は結局薄情に等しいことを経験で知り、また自分の生活の気持の堕落が結果に来ると考へて、今ではもう、どんな名犬でも名鳥でも、他人の手で大人となつたものは、たとひ貰つてくれと頼まれたにしろ、飼はうとは思はぬのである。

だから人間はいやなんだと、孤独な彼は勝手な考へをする。夫婦となり、親子兄弟となれば、つまらん相手でも、さうたやすく絆《きずな》は断ち難く、あきらめて共に暮さねばならない。おまけに人それぞれの我《が》といふやつを持つてゐる。

それよりも、動物の生命や生態をおもちやにして、一つの理想の鋳型を定め、人工的に、畸形的に育てゐる方が、悲しい純潔であり、神のやうな爽やかさがあると思ふのだ。良種へ良種へと狂奔する、動物虐待的な愛護者達を、彼はこの天地の、また人間の悲劇的な象徴として、冷笑を浴びせながら許してゐる。」

動物愛護者たちによって定められた愛玩動物の苛酷《かこく》な宿命を、「彼」はそれとして受け容《い》れる。それは「彼」が、愛玩動物の純粋な「いのち」は、苛酷な宿命のなかでのみはじめて開花し、美しく燃焼しうるものであることを知っているからである。それゆえ「彼」は、中途半端な愛情におぼれることを厭《いと》い、ひたすら非情な「純潔」に徹しようとするのである。ここまでには問題はなかろう。問題になるのは引用部に露呈《ろてい》された、愛玩動物と人間とを同一視してはばからない「彼」の眼である。ここで「彼」は、「動物のすぐれたものをもとめる冷酷な心の根でもつて、ぢかに親子兄弟のつながり」(伊藤整)を見ている。ここばかりではない。「禽獣」の「彼」の眼には、人間は小鳥や犬とまったく同じものとしてしか映っていない。

「この犬は今度が初潮で、体がまだ十分女にはなつてゐなかつた。従つてその眼差は、分娩といふものの実感が分らぬげに見えた。

「自分の体には今いつたい、なにごとが起つてゐるのだらう。なんだか知らないが、困つたことのやうだ。どうしたらいいのだらう。」

と、少しきまり悪さうにはにかみながら、しかし大変あどけなく人まかせで、自分のしてゐることに、なんの責任も感じてゐないらしい。

だから彼は、十年も前の千花子を思ひ出したのであつた。その頃、彼女は彼に自分を売る時に、ちやうどこの犬のやうな顔をしたものだ。」

前述した区分にしたがえば、(6)から(7)に転換する部分であるが、犬の顔から千花子の顔へという連想のみごとさと、その二つのものを完全に同一視する「彼」の眼に驚かされない者はなかろう。「彼」が「いのち」のより美しい燃焼のために、愛玩動物の苛酷な宿命を容認していることは、すでにのべた。その「彼」の眼に人間は、愛玩動物と同じものとして映るのであるから、人間も愛玩動物と同じように宿命にしたがいながら生き、そのなかで「いのち」を美しく燃焼させせなければならない、ということになるはずである。そうだとすれば、「彼」の思想は虚無以外のなにものでもない。

この作品の「彼」と作者との関係は、あいまいなままに放置されているけれども、ここには川端の心境なり認識なりが投影されている。「禽獣」は未完ではあるが、川端の諦観を核とする虚無思想が、はじめてはっきりとした形をとって定着された作品として注目に値する。

# 「雪国」

## 短編の連珠

「雪国」は、昭和十年から二十二年にかけて、「文芸春秋」「改造」などの諸雑誌に断続的に発表され、昭和二十三年十二月、創元社から刊行された中編小説である。この作品の第一章「夕景色の鏡」(「文芸春秋」昭10・1)を、川端が越後湯沢温泉で書き始めたのは昭和九年の暮れのことであるから、「雪国」は完結までに足かけ十五年かかったことになる。その間にこの作品は、未完のまま創元社から「雪国」(昭12・6刊)として刊行されたことがある。旧版「雪国」といわれているのがそれである。

「雪国」の成立までの経過はつぎのようにたどられる。

夕景色の鏡(「文芸春秋」昭10・1)
白い朝の鏡(「改造」昭10・1)
物語(「日本評論」昭10・11)
徒労(「日本評論」昭10・12)
萱《かや》の花(「中央公論」昭11・8)
火の枕(「文芸春秋」昭11・10)

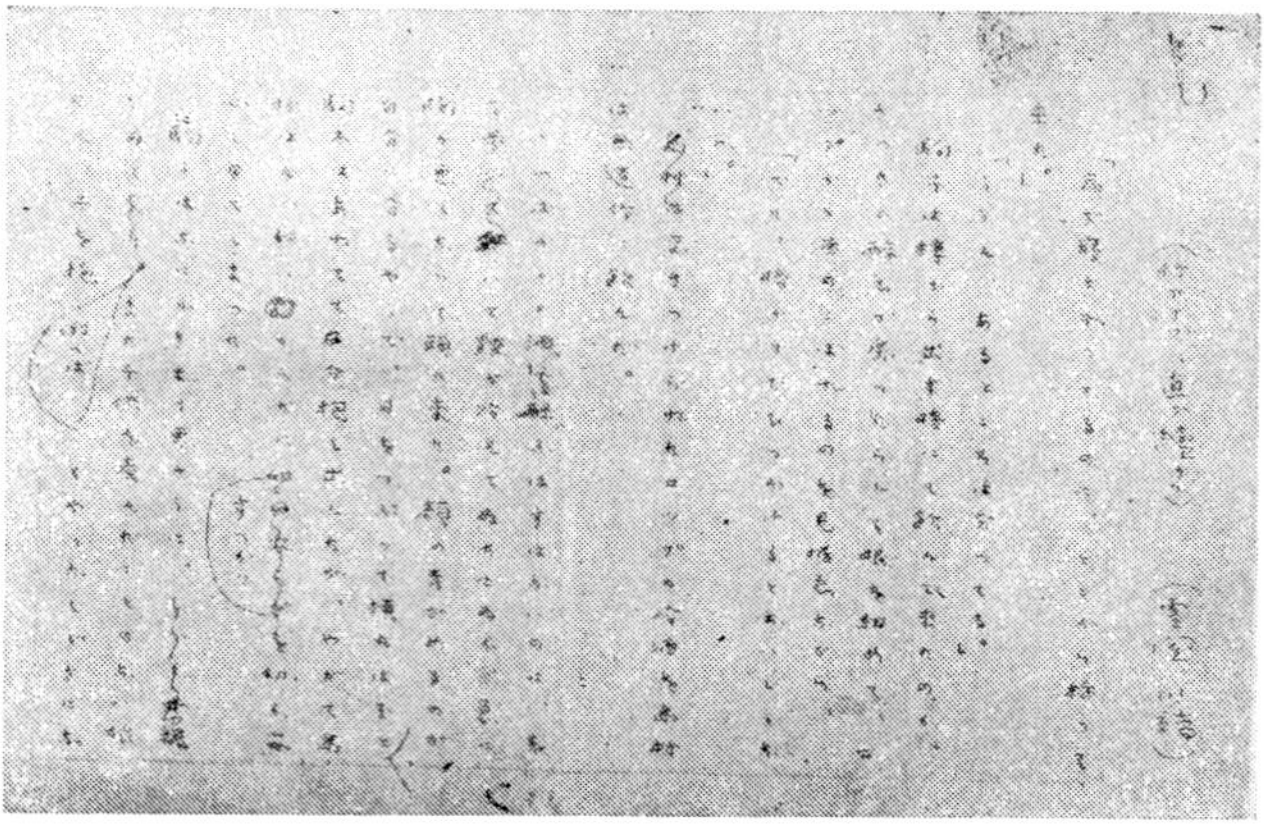

「雪国」原稿

手毬《てまり》歌（「改造」昭12・5）
書きおろし新稿（旧版「雪国」昭12・6）
雪中火事（「公論」昭15・12）
天の河（「文芸春秋」昭16・8）
雪国抄（「暁鐘」昭21・5）
続雪国（「小説新潮」昭22・10）

以上のうち、「雪国抄」は「雪中火事」と「天の河」を改稿したものである。また、それぞれの章の題名は単行本では削除されている。

「雪国」の成立に関して見落とせないのは、つぎのような川端の述懐である。

「「雪国」は……息を続けて書いたのでなく、思ひ出したやうに書き継ぎ、切れ切れに雑誌に出した。そのための不統一、不調和はいくらか見える。

はじめは「文芸春秋」昭和十年一月号に四十枚ほどの短編として書くつもり、その短編一つでこの材料は片づくはずが、「文芸春秋」の締切日に終りまで書ききれなかつたために、同月号だが締切の数日おそい「改造」にその続きを書き継ぐことになり、この材料を扱ふ日数の加はるにつれて、余情が後日にのこり、初めのつもりとはちがつたものになつたのである。私にはこんな風にして出来た作品が少なくない。」(「雪国」・あとがき)

「雪国」は、ここに明らかなように、長編としての一定の構想があって書かれた作品ではない。余情のゆらめきにうながされて、「思ひ出したやうに書き継ぎ、切れ切れに雑誌に出した」短編を、連作体の中編としてまとめあげた作品なのである。「雪国」が「短編の連珠」と評されるゆえんである。こうした「雪国」の様式は、すでに青野季吉によって指摘されているように、「一つの短編が動機となつて、つぎの短編が産み出され、それがつながりつながつて、五十四帖の大物語となつた」(「川端康成の作品」)「源氏物語」のそれに「相似」している。

各雑誌にほぼ独立した短編としても読めるような形で発表した各章を、単行本としてまとめた際に川端は、かなり大幅な「改稿」をした。推敲《すいこう》の跡は「夕景色の鏡」とそのつづき、「白い朝の鏡」の二章にいちじるしいが、なかでとくに注目されるのは、「雪国」の書き出しと「夕景色の鏡」のそれとの間にみられるちがいである。「雪国」は、つぎのような雪国の夜の印象的な描写で始まる。

「国境の長いトンネルを抜けると雪国であつた。夜の底が白くなつた。信号所に汽車が止つた。」

作家和田芳恵によって、「この書きだしは、明治、大正、昭和を通じてのいろいろの小説のなかでも、名文、名調子といわれているものの最高のひとつであろう。」（「名作のできるまで」）と、評された冒頭である。ところが、「「雪国」の初稿、連載の第一回である「夕景色の鏡」においては、「国境の長いトンネルを抜けると……」は起筆ではない」（長谷川泉）。「夕景色の鏡」の冒頭には、「駒子」にひかれて旅に出た「島村」の回想の記述が、一ページ半にわたってしるされていた。「雪国」では削除されたその部分を、伏せ字があるが原文のままでつぎに示そう。

「濡れた髪を指でさはつた。――その感触をなによりも覚えてゐる、その一つだけがなまなましく思ひ出されると、島村は女に告げたくて、汽車に乗つた旅であつた。

「あんた笑つてるわね。私を笑つてるわね。」

「笑つてやしない。」

「心の底で笑つてるでせう。今笑はなくつても、後できつと笑ふわ。」と、最後までは拒み通せなかつたことを、その時女は枕を顔に抱きつけて泣いたのだつたけれども、彼はやはり水商売の女だつたと笑つて忘れるどころか、それがあつたゝめに反つて、いつも女をまざまざと思ひ浮べたくなるのだつた。ところが、目で見たものや耳で聞いたものはいふまでもなく、唇で触れた彼女も、はつきり印象しようとあせればあせるほど、つかみどころがぼやけてゆくのだつた。記憶の頼りなさを知るばかりだつた。ただ左手の　　だけが彼女をよく覚えてゐた。島村はその　　を不気味なもののやうに眺《なが》めてゐることがあるくらゐだつた。自分の体でありながら、自分とは別の一個の生きものだ。それに彼女がやはらかくねばりついてゐて、自分を遠くの彼女へ引き寄せる。」
なお、「雪国」にはモデルがあったが、「「雪国」の駒子にしたところで、あの女があのまま実在するなどと思つたら大間違いである。ヒントになつた実在の女はある」(「現代の作家」)という、川端の発言からも明らかなように、「そういうことは、単なる発想のきつかけという以上のどんな意味も」(磯貝英夫) ない。

**あらすじ**　「国境の長いトンネルを抜けると雪国であつた。夜の底が白くなつた。信号所に汽車が止まつた。」

向かいの座席から立ってきた娘が、窓いっぱいに身をのり出して、「駅長さあん、駅長さあん。」と、遠くへ叫んだ。葉子であった。葉子は男連れであったが、その男は明らかに病人だった。島村は「彼女等が汽車に乗り込んだ時、なにか涼しく刺すやうな娘の美しさに驚いて目を」ふせたのだった。

汽車のなかはあかるかったが、外には夕闇がおりていた。「それで窓ガラスが鏡になる。」島村は鏡のなかのふたりを見

湯沢の冬

ていた。突然、葉子の顔のなかにともし火がともった。はるかな山の空にまだ夕焼けのなごりの色が残っていたころのことであった。こんなふうに見られていることを葉子は知らなかった。かの女らは島村と同じ駅におりた。

スキーの季節前の温泉宿は客も少なかった。廊下で島村は、なつかしい女性駒子に会った。ふたりは何もいわずに部屋の方へ歩き出した。

「あの時は——雪崩《なだれ》の危険期が」過ぎたころであった。「無為徒食」の島村は、自然と自身に対するまじめさも失いがちなのでよく山歩きをしていた。七日ぶりで山から温泉場へ下りた島村は、「三味線と踊の師匠の家」にいる娘駒子に会った。「女の印象は不思議なくらゐ清潔であつた。足指の裏の窪みまできれいであらうと思はれた」。女は島村に、

「生れはこの雪国、東京でお酌《しやく》をしてゐるうちに受け出され、ゆくすゑ日本踊の師匠として身を立てさせてもらふつもりでゐたところ、一年半ばかりで且那《だんな》が死んだと、思ひの外素直に」話した。

翌日の午後、駒子はかれの部屋へ遊びにきた。駒子が帰ってから島村はひとり裏山に登った。その夜、酒に酔った駒子が、「島村さあん、島村さあん。」と、甲高《かんだか》く叫びながらかれの部屋にきた。翌朝、宿の人の起きる前に、駒子は「あはただしく逃げるやうに」帰っていった。島村はその日帰京した。

駒子は「火燵《こたつ》板の上で」、しばらく指折り数えていた。百九十九日目の再会であった。翌日、島村は駒子の部屋をたずねた。かれが桐の三味線箱を見ていると、「煤《すす》けた襖《ふすま》があいて、

「駒ちやん、これを跨《また》いぢやいけないわ。」澄み上つて悲しいほど美しい声だつた。」

あの葉子の声であった。「しかし葉子はちらつと刺すやうに島村を一目見ただけで、ものも言はずに土間を通り過ぎた。」島村は表に出てからも、葉子の目つきが額の前に燃えていそうでならなかった。その日島村は、按摩《あんま》の話から、駒子がいいなずけと噂されている師匠の息子の病気のために芸者に出たことを知った。駒子はいった。

「東京へ売られて行く時、あの人がたつた一人見送つてくれた」と。

「それからは泊ることがあつても、駒子はもう強《し》ひて夜明け前に帰らうとはしなくなつた」。スキー客の数も多くなり始めたころ、「つらいわ。ねえ、あんたも東京へ帰んなさい。つらいわ。」と、駒子はいった。翌日、駒子は帰京する島村を駅で見送った。

島村がこの温泉場を三度おとずれたのは、秋になってからのことであった。その間に駒子のいいなずけの男は死んでいた。駒子は「去年より太《ふと》つて」いた。葉子は宿の勝手働きになり、死んだ男の墓参りばかりしているという。

ある夜、葉子が島村のところへ、駒子からの「結び文」を持ってきた。「東京へ行きます」という葉子に、島村が「あの人に相談した？」とたずねると、

「駒ちやんですか、駒ちやんは、憎いから云はないんです。」

と答えた。

「少し濡れた目で彼を見上げた葉子に、島村は奇怪な魅力」を感じた。駒子の部屋も変わっていた。紅葉の季節も終わり、杉林が薄く雪をつけるころになった。島村は「妻子のうちへ帰るのも忘れたやうな長逗留《とうりゅう》を」つづけ、「駒子のしげしげ会ひに来るのを待つ癖になつてしまつてゐた」。

そんなある日、映画を上映していた繭倉《まゆぐら》に火事がおきた。島村と駒子は火事場へ走った。眼の前に火の手があがった。

「あつと人垣が息を呑んで、女の体が落ちるのを見た。」

水平のまま落ちた。葉子であった。「ああつ。」と、駒子が鋭く叫んで眼をおさえた。

「水を浴びて黒い焼屑が落ち散らばつたなかに、駒子は芸者の長い裾を曳《ひ》いてよろけた。葉子を胸に抱へて戻らうとした。その必死に踏ん張つた顔の下に、葉子の昇天しさうにうつろな顔が垂れてゐた。」

「「どいて、どいて頂戴。」

駒子の叫びが島村に聞えた。

「この子、気がちがふわ。気がちがふわ。」

さう言ふ声が物狂はしい駒子に島村は近づからうとして、葉子を駒子から抱き取らうとする男達に押されてよろめいた。踏みこたへて目を上げた途端、さあと音を立てて天の河が　村のなかへ流れ落ちるやうであつた。」

## 無償の愛

「雪国」は、雑誌に分載されていたころから名作として注目され、絶賛された作品である。たとえば、この作品の第四章にあたる「徒労」（「日本評論」昭10・12）は、評論家の河上徹太郎に、

「今月の傑作はと問はれたなら、私は躊躇《ちゅうちょ》なく川端康成氏の『徒労』（日本評論）を挙げる。」

と評され、「火の枕」（「文芸春秋」昭11・10）は、小林秀雄によって、「『火の枕』は、文句なしに面白かった」と批評された。昭和十二年、未完のまま刊行された「雪国」は、尾崎士郎の「人生劇場」とともに第三回文芸懇話会賞を受賞した。そしてそれからほぼ十年を経た昭和二十三年、この作品は完成し、単行本「雪国」として刊行された。この「雪国」について伊藤整はいっている。

「「雪国」は、川端康成においてその頂上に到着した近代日本の抒情小説の古典である」（新潮文庫「雪国」解説）と。

「雪国」の英語版（左）と仏語版（右）

抒情小説といえば、「何かぞつと身の毛のよだつ」ような、「冷たい美しさ」（広津和郎）を感じさせる「雪国」とは対照的な作品、「伊豆の踊子」も典型的な抒情小説であったが、このふたつの作品は、構造においてもいくつかの共通点を持っている。

「処女作といつてよい「招魂祭一景」から彼は芸を売つて生活する

女性を好んでとりあげています。この性向は「伊豆の踊子」を経て、昭和十年から書きだされた「雪国」によつて、一個の芸術的自覚に高められました。「伊豆の踊子」と同じくこれは主人公同志が旅先で偶然知り合う出会いの文学であり、作者の経験をかなり直接に描いている点で私小説に近い性格を持つています。

両者とも――青年期と中年期の違いはあつても――変愛を扱つていますが、その恋愛の背景が生活ではなく旅であること、……男性の方がいずれも主人公というより語り手あるいはワキの性質を多く持ち、真の主人公あるいはシテは女性であること、などは私小説と反対の特色です。」(「日本の現代小説」)

とは、中村光夫の指摘である。この中村の指摘からもある程度うかがえるように、川端の資質が「もつともみごとに生かされた作品」として知られている「雪国」は、その資質を定着するための構造や文体においては、それ以前のかれのさまざまなこころみの集大成ともいえる作品なのである。

「雪国」は、前述したように、つぎの一節から始まる。

「国境の長いトンネルを抜けると雪国であつた。夜の底が白くなつた。信号所に汽車が止まつた。」

野性的で潔癖なヒロイン「駒子」は、長い「トンネル」を越えた国の住人である。その国へ行くために「読者は、葉子たちと同乗してそのトンネルをくぐら」(寺田透)なければならない。そしてさらに読者は、夜汽車の窓にうつる「夕景色の鏡」を、「島村」とともに見入ることを要求される。この冒頭を評して正宗白鳥が、「現実の世界でないところに連れていかれる」とのべたことがあったが、確かにその通りである。

「雪国」においては風景も、トンネルのこちら側と向こう側でははっきり「違うものとして描かれている」（磯貝英夫）。このトンネルは、つまり非現実の世界への入り口であり、「駒子」の住む国が、現実からは遮断された世界であることを示すものである。「伊豆の踊子」においては天城峠のトンネルが、このトンネルと同じような役割をはたしていた。

また、このトンネルや「夕景色の鏡」によって、冒頭から読者を作中人物の非現実の世界のなかに引き入れてしまうという手法は、「禽獣」の冒頭に「対応するもの」（佐伯彰一）である。

「駒子」や「葉子」、あるいは雪国の自然の美しさを、読者に語り伝える人物「島村」は、「無為徒食」の男であり、ものみな「すべてこれ徒労でなくてなんであらう」という意識の持ち主である。

「駒子が息子のいいなづけだとして、葉子が息子の新しい恋人だとして、しかし息子はやがて死ぬのだとすれば、島村の頭にはまた徒労という言葉が浮んで来た。駒子がいいなづけの約束を守り通したことも、身を売つてまで療養させたことも、すべてこれ徒労でなくてなんであらう。

駒子に会つたら、頭から徒労だと叩《たた》きつけてやらうと考へると、またしても島村にはなにか反《かえ》つて彼女の存在が純粋に感じられて来るのだつた。」

按摩《あんま》から「駒子」が師匠の息子のいいなずけであると聞いた直後の「島村」の内言であるが、ここに明らかなように、「島村」は「徒労であればこそ純粋なのだ」という美意識の持ち主である。「島村」の美意識なり思想なりは、愛玩動物の「いのち」の「あはれ」をみすえていた、「禽獣」の「彼」のそれとほぼ同じものである。

この「島村」に「駒子」はいう。

「ほんたうに人を好きになれるのは、もう女だけなんですから。」

と。かの女は自らの愛がむなしいものであることをはっきりと知っている。しかしかの女は「島村」を愛しつづける。無償の愛である。また、「徒労といふ点では、葉子は駒子の数等上である」(寺田透)。「駒子」や「葉子」の行為を、「島村」は徒労と感じながらも、そのうちに瞬間的にあらわれる女の「いのち」の純粋さに引かれ、みつめつづける。「駒子」や「葉子」は、そうした「島村」を通して語り伝えられるからこそ、美しいのである。「冷たい美しさ」につらぬかれた「雪国」の世界は、この「島村」の虚無にむかって見開かれた眼を支柱とすることによって、はじめて成立しうる世界なのである。

# 「千羽鶴」

## 未完の中編

「千羽鶴」は、昭和二十四年の五月から二十六年にかけて、「大方いはゆる中間小説の載る雑誌」に断続的に発表され、昭和二十七年二月、筑摩書房から刊行された未完の中編小説である。同じような発表形式をとって成立した川端の作品に「雪国」「山の音」などがある。なお、昭和二十七年刊の「千羽鶴」には、この作品と交互に執筆発表された「山の音」の一部も収録されている。

「千羽鶴」の各章はつぎのような順序で発表された。

千羽鶴（「時事読物別冊」昭24・5）
森の夕日（「別冊文芸春秋」昭24・8）
絵志野（「小説公園」昭25・1）
母の口紅（「小説公園」昭25・11〜12＊原題は「女の口紅」）
二重星（「別冊文芸春秋」昭26・10）

終章「二重星」は、はじめは単行本「千羽鶴」に入ってはいなかったが、のちの版で増補された。その後まもなく、川端は、

「「千羽鶴」は「二重星」までで前編を終つたが、後編を残してゐる。つまり「千羽鶴」では太田夫人とその娘の文子を主にして書いた。千羽鶴の風呂敷の稲村ゆき子は書きにくくて、書かなかつた。遠景にした。後編ではゆき子を主にして書き、文子を遠景にするつもりである。」(「全集」第十五巻・あとがき)

とのべているが、この後編にあたる作品が「波千鳥」である。「波千鳥」は昭和二十八年の四月から、「小説新潮」に数回にわたって分載されたが、一般的にはこの後編を含まないものを「千羽鶴」という。

同じところで川端は、「千羽鶴」についてつぎのように述懐している。

「「千羽鶴」も「山の音」もこのやうに長く書きつぐつもりはなかつた。一回の短編で終るはずであつた。余情が残つたのを汲《く》み続けたといふだけだ。したがつてほんたうは二作とも、最初の一章、「千羽鶴」と「山の音」とでもはや終つてゐると見るのが、きびしい真実だらう。後はあまえてゐるだけだらう。「雪国」も同然である。……

「千羽鶴」も「山の音」も雑誌に一回の短編ですませるはずであつたから、今あるやうな構想はあらかじめ立ててはゐなかつた。「千羽鶴」は円覚寺の境内《けいだい》で茶会にゆく二人の令嬢を見て、ただそれだけのことで、不用意に書き出したのである。令嬢の一人が千羽鶴の風呂敷を持つてゐたかどうかも疑はしい。」

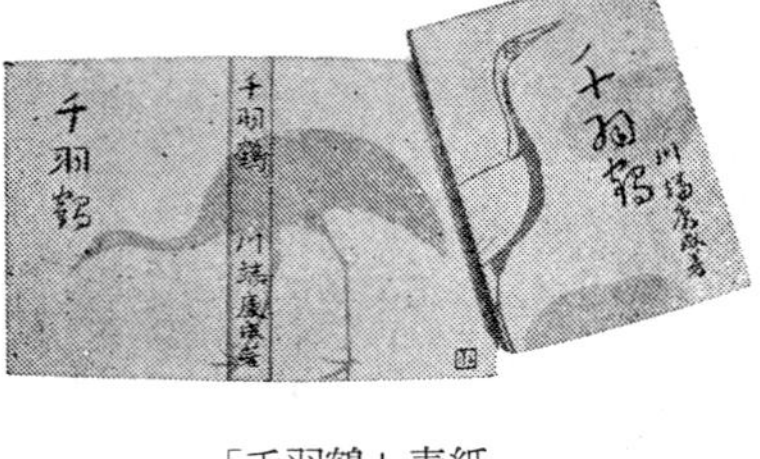

「千羽鶴」表紙

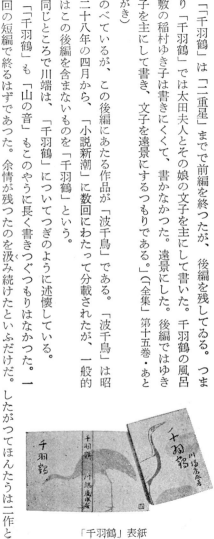

「鎌倉円覚寺の茶会へ行くどこかのお嬢さん」(「現代の作家」)を見たことが、執筆の直接的な動機であったことは、ここに明らかであるが、それはあくまでも「ヒントをえた」というほどのことでしかない。その背景には、川端の敗戦を契機としていっそう深まった、「日本風な作家であるといふ自覚、日本の美の伝統を継がうといふ願望」(「全集」第一巻・あとがき)があった。川端が、

「私の生涯は『出発まで』もなく、さうしてすでに終つたと、今は感ぜられてならない。古《いにしえ》の山河にひとり還つてゆくだけである。私はもう死んだ者として、あはれな日本の美しさのほかのことは、これから一行も書かうとは思はない。」(「島木健作追悼」)

とのべたのは、敗戦の年の暮れのことであった。川端の、「あはれ」に息づく日本の伝統美を継ごうという作家としての自覚は、その後「反橋」(昭22〜24)三部作を経て、いよいよ深く強いものになっていたのである。

この作品の題名は、「小説のなかの一人の娘が千羽鶴の風呂敷を持つてゐるところ」から題されたものであるが、千羽鶴というイメージそのものが、川端もいうように、伝統的な「日本の美の一つの象徴」である。川端はいっている。「朝空か夕空に千羽鶴が舞ふのを見るやうなあこがれも、作者の心底にあつた」と。

この「千羽鶴」に関して川端は、最近つぎのような発言をしている。

「日本の茶道も「雪月花の時、最も友をおもふ」のがその根本の心で、茶会はその「感会《かんかい》」、よい時によい友だちが集ふよい会なのであります。——ちなみに、私の小説「千羽鶴」は、日本の茶の心と形の美し

さを書いたと読まれるのは誤りで、今の世間に俗悪となつた茶、それに疑ひと警《いまし》めを向けた、むしろ否定の作品なのです。」(「美しい日本の私」)

ノーベル文学賞受賞記念講演のなかの一節であるが、このことばを「千羽鶴」のモチーフに引きつけて考えることは避けるべきであろう。むしろ翻訳なり何なりで「千羽鶴」を読む人々への「警告」(篠田一士)、あるいは伝統美の継承者であることを自覚した作家の眼がとらえた、一種の文明批評と考えるほうが自然である。

## あらすじ

「鎌倉円覚寺の境内にはいつてからも、菊治は茶会へ行かうか行くまいかと迷つてゐた。」菊治は円覚寺の奥の茶室で開かれている栗本ちか子の茶会に招かれていた。茶の師匠をしているちか子からの案内状には、弟子の令嬢稲村ゆき子を見てほしいと書き添えてあった。ちか子は一時期菊治の亡父の愛人だったことのある女だった。案内状を手にした時、菊治の目には幼いころ父と見たちか子の胸のあざが、ふと浮かんだ。茶室への山道で菊治はふたりの和服の令嬢に会った。「桃色のちりめんに白の千羽鶴の風呂敷を持つた令嬢は美しかつた。」

茶室に着いた菊治は、千羽鶴の令嬢がゆき子であることを知った。茶会には亡父の愛人太田未亡人とその娘文子も来ていた。ちか子は太田夫人にことごとにつらくあたったが、太田夫人は「ひどく素直でなつかしげな声」で、菊治に挨拶《あいさつ》した。夫人は四年前の亡父の告別式の時と、「ほとんど変らぬやうで」あった。

茶会からの帰りみち、太田夫人が菊治を待っていた。菊治の父のこと、娘のことを話す夫人は、「ひどくなつかしげで、父に話してゐるつもりで菊治に話してゐるかの」ようであった。聞きながら菊治は、夫人に安らかな好意を感じた。「やはらかい愛情につつまれてゐるやうに感じた」菊治は、その夜を旅館で夫人とともに過ごした。

半月ほどして、菊治は文子の訪問を受けた。はじらいながら、「母をゆるしてやつていただきたいんですの」と、必死に訴えるようにいう文子のやさしい顔は、母に似ていた。

ある日、会社にいる菊治へちか子から電話があった。ちか子は「お宅へうかがつてますの。ごめんなさい。」といい、ゆき子を招くといった。銀座へ出た菊治は、酒場にも落ちつけなくて、早々に帰宅した。ゆき子は広い座敷の端近くにいた。その夜菊治はなぜかゆき子を「永遠に彼方の人」というふうに思う。

菊治はゆき子を、ちか子から紹介されたことにこだわりを感じていた。翌日、太田夫人が雨のなかを傘もささないであらわれた。夫人は憔悴《しょうすい》しきっていた。かの女はちか子から、菊治とゆき子の婚約が成立したことを告げられていたのである。茶室で夫人はおびえていた。茶をたて終わると、「気を失ふやうに、夫人が菊治の膝に倒れて」きた。「夫人は人間ではない女か」と思えた。そしてその夜、かの女は睡眠薬をのんで死んだ。

茶席の女

菊治は、「夫人を死なせたのは愛か罪か」と一週間ほど考え迷ったすえ、その初七日の翌日、文子の家を訪れた。「夫人の骨の前で目をとぢた今、夫人の肢体は頭に浮んで来ないのに、匂《にお》ひに酔ふやうな夫人の触感が、菊治を温くつつんで来る」のだった。しばらくして、「三谷さん、母をゆるしてやつて下さい。」といった文子はくっと首をおとした。菊治は文子から夫人の形見の水指《みずさし》をおくられた。水指を菊治の家で見たちか子は、夫人を魔性の女とののしった。

ひどい夕立ちがあった日、文子が母の遺愛の志野の湯呑みを持ってきた。

その夏、菊治は野尻湖に旅したが、帰宅すると、文子もゆき子も「結婚してしまつた」と、ちか子が告げた。しかし菊治は、かれの家を訪れた文子との会話から、その話が「嘘」であることを知った。その日菊治は、会社につとめ始めていた文子の体臭から、「太田夫人の抱擁の匂ひ」を感じた。そしてその夜をふたりは茶室で過ごした。文子は志野の湯呑みをつくばいに打ちつけて帰っていった。

「文子は菊治に、比較のない絶対になつた。

これまで菊治は文子を、太田夫人の娘と思はない時はなかつたのだが、それも今は忘れたやうだ。」

菊治は、「長いあひだの暗く醜い幕の外」に出られたのだ。会社に出てから菊治は文子に電話をしたが、文子はつとめを休んでいた。帰途、文子の間借り先をたずねた菊治は、かの女が、「お友だちと旅行に行く」といって、朝から出たままであることを知った。門を出て振りかえった菊治の足を、「死は足もとにあると」いふ文子の言葉が」、しびれさせた。

「「死ぬはずがない。」

と、菊治は自分にいつた。

菊治に生きかへる思ひをさせておいて、その文子が死ぬといふはずはない。

しかし、昨日の文子は死の素直さではなかつただらうか。

あるひはその素直さを、母と同じやうに罪深い女とおそれたのだらうか。」

## 夢幻の美

「千羽鶴」は、「山の音」とならんで戦後の川端文学を代表する作品である。「日本的抒情の極致を示す」名作として雑誌に分載中から喧伝されたこの作品は、昭和二十七年には、第八回日本芸術院賞を受賞した。

この作品は、ほぼ並行するかたちで書き継がれた「山の音」と比較され対照されることが多いが、それはこの二作が、敗戦を契機として深まった作者の伝統美への沈潜のなかから生まれ、それを如実《によじつ》に反映した作品であるからである。「千羽鶴」と「山の音」は、つまりモティーフにおいて共通する作品なのである。しかしこのモティーフにおいて共通するふたつの作品も、その性格においてはかなりのちがいがみられる。「山の音」については後述するが、「山の音」は「千羽鶴」にくらべれば、現実性の濃い作品である。一方、「千羽鶴」のほうは、伊藤整がいうように、「空想性が強く、描き方も日常性に拘束されぬ恣意《しい》的なものであり、流動的である」（「作家と作品・川端康成」）。「千羽鶴」は、つまり「敗戦を峠としてそこから足は現実を離れ」（「全集」第一巻・あとがき）た作者によって、その奔放な空想の羽ばたくままに作りあげられた、「あはれ」な物語なのである。

「千羽鶴」においては、「菊治」の脳裡におりにふれ明滅する千羽鶴のイメージが、その美的世界の形成に重要な役割をはたしている。

「菊治は電話の近くに坐つて、目をつぶつた。

北鎌倉の宿で太田未亡人と泊つた帰りの電車から見た夕日が、菊治の頭にふと浮んだ。

池上の本門寺の森の夕日だつた。

赤い夕日はちやうど森の梢をかすめて流れるやうに見えた。

森は夕焼空に黒く浮き出てゐた。

梢を流れる夕日も、つかれた目にしみて、菊治の瞳をふさいだ。

目のなかに残る夕焼空を、稲村令嬢の風呂敷の白い千羽鶴が飛んでゐるかのやうに、その時ふと思つたものだ。」

「菊治」が「文子」から夫人の死を告げられた直後の場面である。この場面にみられる夫人の死の美化は、たしかにみごとである。しかしここで注目したいのは、「千羽鶴」の美的世界が、千羽鶴のイメージのかもし出す日本的な情趣によっていろどられ、ふちどられているということである。故人の面影を彷彿《ほうふつ》させる志野焼の水指や茶碗などの茶器の名品のかずかずも、ほぼ同じような役割をはたしている。「千羽鶴」の世界は、こうした小道具のかもし出す日本的伝統的な情趣の上にきずかれた美的世界なのである。

「千羽鶴」のヒロイン「太田夫人」は、この世のものとも思われぬほどの美しさをもった女性である。「夫人は人間ではない女かと思へた。人間以前の女、あるひは人間の最後の女かとも思へた。」その美しさは、「現実」に触れれば、ひとたまりもなく崩壊するほどはかないものであり、純粋である。「冷たくて温いやうに艶な志野の肌は、そのまま太田夫人を菊治に思はせる。しかし、そこに罪といふ暗さも醜さもともなはないのは、水指が名品のせゐもあらう。

名人の形見を見るうちに、菊治はなほ太田夫人が、女の最高の名品であつたと感じて来る。名品には汚濁がない。」

触覚を通じてよみがえってくる「太田夫人」である。人の世の倫理を越えて、愛のよろこびのなかに自らの「いのち」を燃やしつくした夫人は、「女そのものの象徴」(磯貝英夫)といってもよかろうし、姿態に「母の面影」をくっきりとどめ、静かに衝撃に耐えようとする娘「文子」もまた同様である。このふたりの女性がその「いのち」をかけて織りなす無償の美しさが、つまり「あはれ」なのであろう。

「太田夫人」を「現実」のとげで絶えず刺激する悪役「ちか子」は、そのタイプや役割において川端作品には珍しい存在である。

「菊治」は、「伊豆の踊子」の「私」や「雪国」の「島村」同様、ヒロインの美しさのひきたて役である。『千羽鶴』では菊治は、シテとしての太田夫人のあでやかな舞姿を、ワキとして、見所を代表する者として眺めている非行動人と言つてもいい」(「千羽鶴」)とは、山本健吉の指摘である。また、この「菊治」は、「禽獣」の「彼」の眼と同じような虚無的な眼の持ち主でもある。

山本健吉は同じところで、「志野の茶碗の感触と幻想とから、作者は太田夫人という中年の女性を創り出したのだろう」という、井伏鱒二のことばを紹介しているが、あるいはこの「千羽鶴」という作品そのものが、「志野の茶碗の感触と幻想」から生まれた物語なのかもしれない。

# 「山の音」

**戦後の代表作**　「山の音」は、昭和二十四年九月から二十九年にかけてさまざまな雑誌に断続的に発表され、昭和二十九年五月、筑摩書房から刊行された中編小説である。刊行の年、「山の音」は第七回野間文芸賞を受賞した。その間にこの作品は未完のまま「千羽鶴」(昭27・2筑摩書房刊)に収められて刊行され、「千羽鶴」とともに第七回日本芸術院賞を受賞してもいる。

この作品の成立過程はつぎのようにたどられる。

山の音(「改造文芸」昭24・9)
蟬の羽(「群像」昭24・10＊原題は「日まはり」)
雲の炎(「新潮」昭24・10)
栗の実(「世界春秋」昭24・12)
栗の実続編(「世界春秋」昭25・1＊原題は「女の家」)
島の夢(「改造」昭25・4)
冬の桜(「新潮」昭25・5)

朝の水（「文学界」昭26・10）
夜の声（「群像」昭27・3）
春の鐘（「別冊文芸春秋」昭27・6）
島の家（「新潮」昭27・10）
傷の後（「別冊文芸春秋」昭27・12＊単行本では次章「都の苑」の方が先になる。）
都の苑（「新潮」昭28・1）
雨の中（「改造」昭28・4）
蚊の群（「別冊文芸春秋」昭28・4＊原題は「蚊の夢」）
蛇の卵（「別冊文芸春秋」昭28・10）
秋の魚（「オール読物」昭29・4＊原題は「鳩の音」）

「山の音」は、前述したように、「一回の短編で終るはず」の作品であった。したがって作者は、「今あるやうな構想はあらかじめ立ててはゐなかつた」（「全集」第十五巻・あとがき）。つまり「雪国」や「千羽鶴」同様、「どこで切つてもいいやうな作品」（「雪国」・あとがき）なのである。そのことを端的に示すものに、未完の「山の音」の映画化（＊東宝・昭29）を担当したシナリオ・ライター水木洋子の伝える、つぎのようなエピソードがある。

「ただ小説のしめくくりについて、川端先生を鎌倉にお訪ねした時のことも、昨日のことのように目に浮

「山の音」表紙

かびますが、先生はこの美しい嫁の菊子を最後にどうされるおつもりなのか、全然決まっていないとおっしゃいました。映画のほうで適当に運んでおいてもらえば、あるいは、小説が、あとからそのように書いてもいいなどと、冗談に言われて、私はのんきな性質なので、先生のお仕事の厳しさを承知していながら、その優しさに安心して帰ったのでした。」(「映画「山の音」を担当して」)

また「山の音」は、一家そろった「日曜の夕飯」の際に、尾形信吾がもみじを見に信州へ行こうといい出し、その答えが出ないままで終わっているが、山本健吉は、そのあとに「『源氏物語』に、書かれざる「雲隠」の巻があるように、『山の音』には、今のところまだ書かれざる「紅葉見」の巻がある」(『山の音』紅葉見の巻」)と思われてならないという。同じことは「雪国」についてもいえそうである。

「山の音」が、「千羽鶴」とほぼ同じ時期に、同じようなモチーフで書かれた作品であることは前述した。したがって起筆前後の作者の動向については「千羽鶴」の項を参照してもらうことにして、ここで改めて触れることは避けよう。ただし、作者が「「千羽鶴」も「山の音」もモデルは一人もない」とのべていること、およびこの作品の背景となっている時代が、「信吾の学校仲間と言へば、現在六十過ぎで、戦争の半ばから敗戦の後に、運命の転落をしたものが少くなかった。」という地の文からも明らかなように、戦争の傷跡が色濃く残っていた時代であることをあらかじめしるしておこう。

## あらすじ

尾形信吾は六十二になる。去年喀血《かっけつ》したがその後故障はなかった。皮膚などはむしろきれいになったが、ただもの忘れがひどくなっていた。妻の保子、息子の修一夫婦と鎌倉の谷《やと》の奥に住んでいる。

八月初旬の静かな月の夜、信吾はふと山の音を聞いた。

「遠い風の音に似てゐるが、地鳴りとでもいふ深い底力があつた。自分の頭のなかに聞えるやうでもあるので、信吾は耳鳴りかと思つて、頭を振つてみた。

音がやんだ後で、信吾ははじめて恐怖におそはれた。死期を告知されたのではないかと寒けがした。」

その話を信吾は妻にはしなかった。

修一は信吾の会社につとめている。修一の妻の菊子は「ほつそりと色白」で、信吾に少年のころあこがれた保子の亡き姉を思いださせる。山の音は、保子の姉も死の直前に聞いたという。

信吾の娘房子がふたりの子供をつれて婚家先を出てきた。房子の夫は酒で身をもちくずしていた。息子の修一は「菊子と結婚して二年にならないのに、もう女をこしらへて」いた。信吾は、修一とよく踊りに行く会社の事務員谷崎英子に案内させて、修一の女の家を見に行ったが、会わずに帰ってくる。

死者の夢や妖《あや》しい夢をみることの多くなった信吾は、ある夜、松島の「松蔭の草原で女を抱擁し」た夢をみた。夢の娘も信吾も年は若かった。翌日、亡友の遺品の能面をあずかった信吾は、慈童面《じどうめん》の少女のような可憐な唇に、「危く接吻し」そうになる。帰宅後、信吾は「夢で娘を抱擁したり、面をつけた英子が可憐だつたり、慈童に接吻しかかつたり、あやしいことが続くのは、うちにゆらめくものがあるのか」と、考えてみる。娘の房子が大晦日《おおみそか》に子供をつれてふたたび帰ってきた。

元旦の朝、谷崎英子が年始にきた。英子は修一が私にも相手の女絹子にも、

「奥さまのことを、子供だ、子供だつて、よくおつしやつてましたわ。」といった。

「君にか?」と信吾の声はとがった。「信吾は怒りにふるへて」きそうだった。「修一は菊子の純潔を感じなかつたのか。」ほっそりと色白の菊子の幼顔が信吾に浮かんできた。保子の姉にあこがれたため、その姉が死んでから保子と結婚した信吾は、

「そのやうな自分の異常が生涯の底を流れてゐて、菊子のためにいきどほるのだらうか」とも思った。幼い菊子は、「嫉妬のすべにも迷ふありさまだつたが、しかし修一の麻痺と残忍との下で、いやそのためにかへつて、菊子の女は目ざめて来た」ようでもある。絹子は戦争未亡人であった。その絹子の家で修一は、悪酔いして絹子に「ずゐぶん手荒いこと」をするという。修一も戦地のどこかで心に深い傷を受けた、「心の負傷兵」であったのだろうか。

菊子が茶の師匠をしている友人から黒百合の花をもらって帰った日、かの女は慈童の面を顔にあてた。

「動かさなくちや、表情が出ないよ。」という信吾のことばにうながされて、

「艶《なま》めかしい少年の面をつけた顔を、菊子がいろいろに動かすのを、信吾は見てゐられなかつた。

菊子は顔が小さいので、あごのさきもほとんど面にかくれてゐたが、その見えるか見えないかのあごから咽《のど》へ、涙が流れて伝はつた。涙は二筋になり、三筋になり、流れつづけた。

「菊子。」と信吾は呼んだ。

「菊子は修一に別れたら、お茶の師匠にでもならうかなんて、今日、友だちに会つて考へたんだらう?」

慈童の菊子はうなづいた。

「別れても、お父さまのところにゐて、お茶でもしてゆきたいと思ひますわ。」と面の蔭ではつきり言つた。」

信吾は、少女が堕胎をした夢をみた。そしてまもなく菊子が子を堕《お》ろしたことを知った。菊子は修一が今のままでは子供をうまないといったという。信吾は怒って修一に、「それは菊子の、半ば自殺だぞ。」といった。中絶の費用は絹子から出たという。信吾は「修一の精神の麻痺と頽廃とにおどろいた」が、自分も「同じ泥沼にうごめいてゐる」と思われた。

信吾は、またみだらな夢をみた。女が誰かはわからなかったが、「夢の娘は菊子の化身」ではなかったかと気づいて、「あつ。」と稲妻に打たれた。房子の夫は伊豆の蓮台寺温泉で女給風の女と心中をはかったが、ひとり生き残ったらしい。絹子は妊娠したという。信吾は絹子に会い、修一と別れて子供をうむというかの女に金を渡した。

秋になって夏のつかれが出たのか、信吾は帰りの電車でよくいねむりをするようになった。菊子は別居をすすめても応じない。絹子は沼津で小さな店をもったという。房子が水商売をして自活したいといった時、菊子はいった。「女はみんな水商売が出来ますもの。」と。信吾は、つぎの日曜にみなで田舎《いなか》にもみじを見に行こうという。故郷のもみじには、保子の姉の思い出がある。

## 抑制の美

「山の音」は、川端文学の頂点に位置する作品である。この作品を評して瀬沼茂樹は、「戦後の「雪国」ともいうべき名作」といい、山本健吉は『山の音』は川端氏の傑作であるばかりでなく、戦後の日本文学の最高峰に位するものである」(「川端康成」)とのべている。

主人公「尾形信吾」は、役割からいえば、中村光夫が指摘しているように、「伊豆の踊子」の「私」や「雪国」の「島村」同様、物語の語り手である。しかし「信吾」の形象と「島村」のそれとの間には決定的なちがいがある。「島村」は、トンネルで遮断された世界の美しさを写し出すための、いわばレンズにしかすぎなかったが、「信吾」はちがう。彼は「島村」同様現世放棄的な諦念を抱きながらも、自らの意志と欲望とをもっている。「信吾」のうちには充たされなかった愛の思い出が揺曳《ようえい》している。かれは山の音を死の告知かとおののきながら聞く。そしてそれゆえにその欲望はあやしく燃えあがる。磯貝英夫がいうように、「おそらく初老の心理のくまぐまがこれだけ美しく造型された例は他にはない」(「千羽鶴と山の音」)。「信吾」は、つまりヒロイン「菊子」の清純な美しさの引きたて役であると同時に、名実ともに主人公の名に値する生きた人間なのである。この「信吾」をとりまく女性像の造型にも、これまでの川端の作品にはみられなかった幅と拡がりがみられる。

「『雪国』には、ただ一種類の女性――愛らしいが、ユーモアを欠いた女性しかいなかつた。『千羽鶴』には、二種類の、つまり愛らしい女と、愛らしくない女とがいて、後者は、いくぶんのユーモアを具えていた。『山の音』には三種類の女がいる。駒子の後裔《こうえい》ともいうべき美しく愛らしい女と、ある点では『千羽鶴』のちか子を思わせるが、あの毒気は持たぬ、愛らしくない女と、それに滑稽《こっけい》な女の三種類だ。……『山の音』の老妻――好んで束ねた古新聞を読み、水の音で誰にも聞えそうにないのにたえず喋《しゃべ》りつづけて止めぬ老女は、まぎれもなく滑稽な人物である。」(「現代日本作家論」)

とは、E・G・サイデンステッカーの指摘である。そのほか「心の負傷兵」ともいうべき「修一」が登場するが、こうした多彩な作中人物の登場は、それ自体が作品の世界の空間的な拡がりを示すものである。

ところで、主人公「信吾」は「死と忘却のかげに黒々ととりかこまれながら」、息子の「修一」や娘「房子」によって家のなかにもちこまれる暗い重さに耐えている。そうした「信吾」にとって、嫁の「菊子」は、「鬱陶《うっとう》しい家庭の窓」なのである。一方、心身とも幼い「菊子」は、戦争で「精神の麻痺」した夫のくわえる異常なしうちに、義父「信吾」の愛を唯一のささえとして耐えている。このふたりの平行的な心のふれあいが、この作品の主題であろうが、そのふれあいが醜い関係へと堕ちてゆく可能性がないわけではない。しかし作者は「信吾」の「うちにゆらめくもの」をきびしく抑制し、「倫理の世界で救おうと試み」(中村光夫)ている。そしてそうすることによってそれを、美しい愛の世界にまで昇華させている。

「艶めかしい少年の面をつけた顔を、菊子がいろいろに動かすのを、信吾は見てゐられなかつた。

菊子は顔が小さいので、あごのさきもほとんど面にかくれてゐたが、その見えるか見えないかのあごから咽《のど》へ、涙が流れて伝はつた。涙は二筋になり、三筋になり、流れつづけた。

「菊子。」と信吾は呼んだ。

「菊子は修一に別れたら、お茶の師匠にでもならうかなんて、今日、友だちに会つて考へたんだらう?」

慈童の菊子はうなづいた。

「別れても、お父さまのところにゐて、お茶でもしてゆきたいと思ひますわ。」と菊子は面の陰ではつきり言つた。」

「菊子」がはじめて慈童の面をつけた場面である。この場面にふれて村松剛は、「もし彼が、慈童面をはぎとり、その背後の菊子の肉体を獲たとしても、「永遠の妖精」の面は、そういう彼をあわれむように、やはりそこにあり、渇望は彼の心に残るはずである。そして菊子も、そのさびしげな表情を変えはしまい」(「川端文学の女性像」)とのべているが、たしかにそのとおりであろう。「信吾」のうちに黒々とひろがる空白感は、そんなことでみたされるような性質のものではないからである。

暗い家のなかに開かれた唯一の窓を、窓としてみつめつづける「信吾」の心の空白感の無限のひろがり、そしてそれに精一杯感応する可憐な「菊子」のさびしさが、つまり川端のいう「日本古来の悲しみ」であり、「あはれな日本の美しさ」なのであろう。

# 年　譜

**一八九九年**（明治三二）　六月十四日、大阪市北区此花町一丁目七十九番屋敷に、父栄吉、母ゲンの長男として生まれた。

＊根岸短歌会、東京新詩社発足す。

**一九〇一年**（明治三四）　**二歳**　一月、父が死んだ。母の実家のある大阪府西成郡豊里村に移る。

＊ニーチェの超人主義流行。与謝野晶子「みだれ髪」

**一九〇二年**（明治三五）　**三歳**　一月、母が死んだ。祖父母とともに大阪府三島郡豊川村に移る。

＊自然主義への胎動始まる。

**一九〇六年**（明治三九）　**七歳**　豊川村小学校に入学。九月、祖母が死んだ。

＊島崎藤村「破戒」

**一九一二年**（明治四五）　**十三歳**　大阪府立茨木中学校に入学。

＊大正改元。石川啄木「悲しき玩具」

**一九一三年**（大正二）　**十四歳**　この年から翌年にかけて「谷堂集」を編む。

＊護憲運動さかん。斎藤茂吉「赤光」

**一九一四年**（大正三）　**十五歳**　五月、祖父が死んだ。「十六歳の日記」を書く。孤児となったため、豊里村の伯父の家にひきとられた。

＊第一次世界大戦勃発。高村光太郎「道程」

**一九一六年**（大正五）　**十七歳**　寄宿舎の室長になる。「京阪新報」に短編小説ほかを発表。「文章世界」などにさかんに投稿。「師の柩《ひつぎ》を肩に」が「団欒《だんらん》」に載る。

＊白樺派全盛。労働文学おこる。

**一九一七年**（大正六）　**十八歳**　三月、茨木中学を卒業。九月、一高に入学。浅草に通う。

＊ロシアにソビエト政権が樹立される。志賀直哉「城の崎にて」菊池寛「父帰る」

**一九一八年**（大正七）　**十九歳**　秋、伊豆に旅した。

＊米騒動おこる。新しき村発足。

**一九一九年**（大正八）　**二十歳**　六月、「ちよ」を「一高校友会雑誌」に発表。

＊労働争議頻発。武者小路実篤「友情」

**一九二〇年**（大正九）　**二十一歳**　七月、一高を卒業、東大英文科に入学。菊池寛を知る。

＊わが国初のメーデーが実施される。

**一九二一年**(大正十)　**二十二歳**　二月、「新思潮」を発刊、同誌に「ある婚約」を掲載。四月、「招魂祭一景」を「新思潮」二号に発表。同月、国文科に転科。菊池の紹介で横光利一を知る。岐阜、盛岡に行く。

＊「種蒔く人」創刊。志賀直哉「暗夜行路」

**一九二二年**(大正十一)　**二十三歳**　伊豆湯ケ島で「湯ケ島での思ひ出」を書く。

＊有島武郎「宣言一つ」

**一九二三年**(大正十二)　**二十四歳**　一月、「林金花の憂鬱」を「文芸春秋」創刊号に発表。二月、「文芸春秋」編集同人になる。五月、「会葬の名人」を「文芸春秋」に発表。十一月、「合評会諸氏に」を「新潮」に発表。

＊関東大震災勃発。横光利一「日輪」

**一九二四年**(大正十三)　**二十五歳**　三月、東大を卒業。同月、「篝火」を「新小説」に発表。十月、「文芸時代」を創刊。十二月、「短編集―「髪」・「金糸雀《かなりや》」・「港」・「写真」・「白い花」・「敵」・「月」―」を「文芸時代」に発表。

＊「文芸戦線」創刊。宮本百合子「伸子」

**一九二五年**(大正十四)　**二十六歳**　八月から九月にかけて、「十七歳の日記」を「文芸春秋」に発表。十一月、「第二短編集―「朝鮮人」・「二十年」・「硝子」・「お信地蔵」・「滑り岩」―」を「文芸時代」に発表。この年も伊豆湯ケ島に長く滞在した。

＊治安維持法公布。

**一九二六年**(大正一五)　**二十七歳**　一月から二月にかけて、「伊豆の踊子」を「文芸時代」に発表。六月、処女創作集「感情装飾」を金星堂から刊行。この年、新感覚派映画連盟を結成し、映画「狂つた一頁」のシナリオを書く。

＊葉山嘉樹「セメント樽の中の手紙」

**一九二七年**(昭和二)　**二十八歳**　四月、上京し東京府下馬橋に住む。五月、「第五短編集―「馬美人」・「百合の花」・「赤い喪服」・「処女作の祟り」―」を「文芸春秋」に、「霰」を「太陽」に発表。十一月、熱海に移る。

＊プロレタリア文学全盛期にはいる。芥川龍之介「或阿呆の一生」

**一九二八年**(昭和三)　**二十九歳**　五月、「死者の書」を「文芸春秋」に発表。このころ東京市外大森馬込に移り住む。

＊三・一五事件おこる。ナップ成立、機関誌「戦旗」を創刊。

**一九二九年**(昭和四)　**三十歳**　四月、「近代生活」の同人に加わる。八月、「川端康成集」を平凡社から刊行。九月、上野桜木町に移り、浅草に親しむ。十月、横光、堀辰雄らと同人雑誌「文学」を創刊。十二月から翌年二月にかけて、「浅草紅団」を「東京朝日新聞」に連載。
＊四・一六事件おこる。小林多喜二「蟹工船」徳永直「太陽のない街」

**一九三〇年**（昭和五）　**三十一歳**　四月、掌《たなごころ》の小説集「僕の標本室」を新潮社から刊行。十一月、「針と硝子と霧」を「文学時代」に発表。犬、小鳥を多く飼い始める。
＊横光利一「機械」堀辰雄「聖家族」

**一九三一年**（昭和六）　**三十二歳**　一月、「水晶幻想」を「改造」に発表。
＊満州事変勃発。大衆文学流行す。

**一九三二年**（昭和七）　**三十三歳**　一月、「父母への手紙」を「若草」に、二月、「抒情歌」を「中央公論」にそれぞれ発表。
＊上海事変、五・一五事件おこる。純文学の危機が叫ばれる。

**一九三三年**（昭和八）　**三十四歳**　四月、「『伊豆の踊子』の映画化に際し」を「今日の文学」に発表。七月、「禽獣」を「改造」に発表。十月、小林秀雄、林房雄らと「文学界」を創刊。
＊日本、国際連盟を脱退。文芸復興が叫ばれる。谷崎潤一郎「春琴抄」

**一九三四年**（昭和九）　**三十五歳**　一月、文芸懇話会に参加。五月、「文学的自叙伝」を「新潮」に発表。十二月、「抒情歌」を竹村書房から刊行。湯沢に行く。北条民雄を知る。
＊行動主義、転向文学盛んになる。

**一九三五年**（昭和十）　**三十六歳**　一月、「夕景色の鏡」（＊「雪国」第一章）を「文芸春秋」に、「白い朝の鏡」を「改造」に発表。「雪国」の断続的発表が始まる。七月、「純粋の声」を「婦人公論」に発表。北条民雄を知る。
＊天皇機関説問題おこる。小林秀雄「私小説論」

**一九三六年**（昭和十一）　**三十七歳**　四月、「花のワルツ」を「改造」に発表。この年、北条民雄と岡本かの子を推薦する文章を、「文学界」ほかに発表。
＊二・二六事件おこる。日独防共協定調印。太宰治「晩年」

**一九三七年**（昭和十二）　**三十八歳**　六月、「雪国」を創元社から刊行。十一月、「高原」を「文芸春秋」に発表。鎌倉の二階堂に移る。
＊日華事変勃発。横光利一「旅愁」

**一九三八年**（昭和十三）　**三十九歳**　四月、「川端康成選集」

（全九巻・改造社）の刊行が始まる。七月から「名人引退碁観戦記」を「東京日日新聞」「大阪毎日新聞」に連載。

＊文学者の従軍さかん。戦争文学流行す。石川達三「生きてゐる兵隊」火野葦平「麦と兵隊」

**一九三九年**（昭和十四）　**四十歳**　二月、「故人の園」を「大陸」に発表。十一月、「短編集」を砂子屋書房から刊行。

＊第二次世界大戦勃発。出版統制強化される。中野重治「歌のわかれ」

**一九四〇年**（昭和十五）　**四十一歳**　一月、「正月三ケ日」を「中央公論」に、「母の初恋」を「婦人公論」にそれぞれ発表。

＊大政翼賛会発会。文芸銃後運動おこる。

**一九四一年**（昭和十六）　**四十二歳**　一月、「寒風」を「日本評論」に発表。十二月、「愛する人達」を新潮社から刊行。この年、二回にわたって満州を旅行。

＊太平洋戦争始まる。文芸作品の発禁事件あいついでおこる。

**一九四二年**（昭和十七）　**四十三歳**　五月、三代名作全集第十二巻「川端康成集」を河出書房から刊行。六月、「満州国各民族創作選集」を編む。八月、「名人」を「八雲」に発表。

＊本土空襲始まる。日本文学報国会発会。

**一九四三年**（昭和十八）　**四十四歳**　二月、「父の名」を「文芸」に発表。五月から「故園」を「文芸」に連載。

＊学徒動員始まる。「細雪」連載発表を禁止される。

**一九四四年**（昭和十九）　**四十五歳**　三月、「夕日」を「日本評論」に発表。四月、「故園」ほかにより菊池寛賞を受賞。

＊疎開命令が出される。

**一九四五年**（昭和二十）　**四十六歳**　四月、鹿児島鹿屋基地に赴く。十一月、「島木健作追悼」を「新潮」に発表。

＊第二次世界大戦終わる。宮本百合子「歌声よおこれ」

**一九四六年**（昭和二十一）　**四十七歳**　二月、「再会」を「世界」に発表。十二月、「さざん花」を「新潮」に発表。

＊日本国憲法公布。坂口安吾「堕落論」

**一九四七年**（昭和二十二）　**四十八歳**　十月、「哀愁」を「社会」に、「続雪国」を「小説新潮」にそれぞれ発表。

＊日本ペンクラブ再建。横光利一没。田村泰次郎「肉体の門」太宰治「斜陽」

**一九四八年**（昭和二十三）　**四十九歳**　一月から「再婚者」を「新潮」に連載。五月から翌年三月にかけて、「少年」を「人間」に連載。この月から「川端康成全集」（全十六巻・

新潮社）の刊行が始まる。十二月、完結版「雪国」を創元社から刊行。

＊文学者の平和運動おこる。太宰治「人間失格」野上弥生子「迷路」

**一九四九年**（昭和二十四）　**五十歳**　五月、「千羽鶴」を「時事読物別冊」に発表、以下「千羽鶴」の各章が断続的に発表される。九月、「山の音」を「改造文芸」に掲載、「山の音」の断続発表が始まる。

＊三鷹事件、松川事件おこる。風俗小説流行。三島由起夫「仮面の告白」

**一九五〇年**（昭和二十五）　**五十一歳**　十二月から「舞姫」を「朝日新聞」に連載。

＊朝鮮戦争始まる。レッド・パージ開始。大岡昇平「武蔵野夫人」中村光夫「風俗小説論」

**一九五一年**（昭和二十六）　**五十二歳**　五月、「たまゆら」を「別冊文芸春秋」に発表。十月、「千羽鶴」が完結。

＊サンフランシスコ講和条約調印。堀田善衛「広場の孤独」

**一九五二年**（昭和二十七）　**五十三歳**　二月、「千羽鶴」を筑摩書房から刊行し、芸術院賞を受賞。「月下の門」を「新潮」に連載。

＊メーデー事件おこる。野間宏「真空地帯」

**一九五三年**（昭和二十八）　**五十四歳**　四月、「波千鳥」を「小説新潮」に発表。五月、「日も月も」を中央公論社から刊行。

＊基地反対運動さかん。文壇に第三の新人が登場。椎名麟三「自由の彼方で」

**一九五四年**（昭和二十九）　**五十五歳**　一月から「みづうみ」を「新潮」に連載。四月、「山の音」を完結。五月、「名人」を完結。地方三紙に「東京の人」の連載を開始。

＊ＭＳＡ協定発効。ビキニ死の灰事件おこる。小島信夫「アメリカン・スクール」

**一九五五年**（昭和三十）　**五十六歳**　一月、「ある人の生のなかに」を「文芸」に発表。五月、「『悲しみの代価』その他」を「文芸」臨時増刊「横光利一読本」に発表。

＊砂川事件おこる。石原慎太郎「太陽の季節」武田泰淳「森と湖のまつり」

**一九五六年**（昭和三十一）　**五十七歳**　一月、「川端康成選集」（全十巻・新潮社）の刊行が始まる。三月から「女であること」を「朝日新聞」に連載。

＊谷崎潤一郎「鍵」深沢七郎「楢山節考《ならやまぶしこう》」

**一九五七年**（昭和三十二）　**五十八歳**　三月、国際ペン執行委員会に出席のため渡欧。九月、東京で開かれた国際ペソ大会に、日本ペン・クラブの会長として尽力。

＊ソ連人工衛星の打ち上げに成功。井上靖「天平の甍《いらか》」開高健「裸の王様」

**一九五八年**（昭和三十三） **五十九歳** 一月、「弓浦市」を「新潮」に発表。六月、沖縄に旅行。

＊文部省、勤務評定を実施。高見順「昭和文学盛衰史」

**一九五九年**（昭和三十四） **六十歳** 十一月、「川端康成全集」（全十二巻・新潮社）の刊行が始まる。

＊安保改定論争始まる。大江健三郎「われらの時代」

**一九六〇年**（昭和三十五） **六十一歳** 一月から「眠れる美女」を「新潮」に連載。

＊安保条約改定される。高見順「いやな感じ」

**一九六一年**（昭和三十六） **六十二歳** 十月から「古都」を「朝日新聞」に連載。

＊ソ連人間衛星の打ち上げに成功。大仏次郎「パリ燃ゆ」

**一九六二年**（昭和三十七） **六十三歳** 六月、「古都」を新潮社から刊行。十一月から「秋の雨」、「乗馬服」などの掌編小説を「朝日新聞」（PR版）に発表。

＊日本近代文学館設立。安部公房「砂の女」

**一九六三年**（昭和三十八） **六十四歳** 二月、「人間のなか」を「文芸春秋」に発表。八月から「片腕」を「新潮」に断続発表。

＊ケネディ大統領暗殺さる。

**一九六四年**（昭和三十九） **六十五歳** 一月「ある人の生のなかに」を加筆して「文芸」に発表。二月、「川端康成短編全集」を講談社から刊行。

＊東京オリンピック開催。ベトナム戦争激化。

**一九六五年**（昭和四十） **六十六歳** 二月、「美しさと哀しみと」を中央公論社から刊行。十一月、「伊豆の踊子」を記念する文学碑が伊豆湯ケ野に建立された。

＊日韓基本条約調印。井伏鱒二「黒い雨」

**一九六六年**（昭和四十一） **六十七歳** 五月、随筆集「落花流水」を新潮社から刊行。

＊中国に文化大革命おこる。遠藤周作「沈黙」

**一九六七年**（昭和四十二） **六十八歳** 十二月「月下の門」を大和書房から刊行。

＊大江健三郎「万延元年のフットボール」

**一九六八年**（昭和四十三） **六十九歳** 十二月、ノーベル文学賞を受賞。

**一九七二年**（昭和四十七） **七十二歳** 四月十六日、ガス自殺。

# 参考文献


川端康成　古谷綱武　作品社　昭11・11

名作『雪国』に対する諸家の批評　創元社編集部編　創元社　昭12・5

川端康成（近代文学鑑賞講座第13巻）　山本健吉編　角川書店　昭34・1

川端康成読本　山本健吉編　学習研究社　昭34・10

評伝川端康成　古谷綱武　実業之日本社　昭35・12

川端康成　三枝康高　有信堂　昭36・1

文芸読本川端康成　三島由紀夫編　河出書房新社　昭37・12

川端康成論考　長谷川　泉　明治書院　昭40・6

川端文学小論　山崎俊介　私家版　昭42・9

『濹東綺譚』と『雪国』と『冬の宿』（「近代日本の作家と作品」所収）　片岡良一　岩波書店　昭14・11

川端康成論（「展望・現代日本文学」所収）　中村光夫　修文館　昭16・3

川端康成（「現代作家論」所収）　中島健蔵　河出書房　昭16・9

川端康成（「歴史と文学」所収）　小林秀雄　創元社　昭18・5

川端康成（「作家私論」所収）　寺田　透　改造社　昭24・5

『伊豆の踊子』『温泉宿』他について（「狩と獲物」所収）　三島由紀夫　要書房　昭26・6

私の信条（「続私の信条」所収）　川端康成　岩波新書　昭26・12

川端康成の作品（「現代作家論」所収）　青野季吉　社会思想研究会出版部　昭28・5

川端康成――若き日の作家群（「わが文壇紀行」所収）　水守亀之助　朝日新聞社　昭29・3

川端康成（「十五人の作家との対話」所収）　福田清人　中央公論社　昭30・2

川端康成――『山の音』と『千羽鶴』（「昭和文学

作家研究」所収）　磯貝英夫　柳原書店　昭30・5
川端康成（「現代の作家」所収）　中野好夫編　岩波書店　昭30・9
川端康成（「現代日本の作家」所収）　杉浦明平　未来社　昭31・9
新感覚派時代（「対談現代文壇史」所収）　高見、順編　中央公論社　昭32・7
川端康成（「東光金蘭帖」所収）　今　東光　中央公論社　昭34・11
川端康成（「作家論」所収）　伊藤　整　筑摩書房　昭36・12
川端康成（「近代日本文学の構造Ⅲ」所収）　瀬沼茂樹　集英社　昭38・3
川端康成（「現代日本作家論」所収）　E・G・サイデンステッカー　新潮社　昭39・6
横光利一と川端康成（「作家の家系と環境」所収）　村松定孝　至文堂　昭39・10
川端康成集（「文芸」別冊）　河出書房　昭37・1
川端康成・作家論・作品論と資料（「国文学・解釈と鑑賞」）　至文堂　昭32・2
川端康成特集（「文芸」）　河出書房新社　昭38・8
川端康成と横光利一（「国文学・解釈と教材の研究」）　学燈社　昭41・8
無常迅速　石浜金作　「文芸読物」　昭25・5
川端康成と横光利一　保昌正夫　「銅鑼」　昭36・7
禽獣　三好行雄　「国文学・解釈と鑑賞」　昭38・2〜7
川端康成家の系図　川嶋　至　「位置」　昭38・10
川端康成の創作意識――観戦記から「名人」へ　川嶋　至　「位置」　昭41・2
浅草紅団　長谷川　泉　「日本近代文学」　昭41・4

# さくいん



——完——

川端康成《かわばたやすなり》■人と作品　　定価はカバーに表示

1969年6月15日　第1刷発行©
2016年8月30日　新装版第1刷発行©
2017年1月20日　新装版第2刷発行

・著　者 ……………………福田清人《ふくだきよと》／板垣《いたがき》　信《しん》
・発行者 ……………………渡部　哲治
・印刷所 ……………………法規書籍印刷株式会社
・発行所 ……………………株式会社　清水書院

〒102-0072　東京都千代田区飯田橋3-11-6
Tel・03(5213)7151～7
振替口座・00130-3-5283
http://www.shimizushoin.co.jp

検印省略
落丁本・乱丁本は
おとりかえします。



CenturyBooks

Printed in Japan
ISBN978-4-389-40109-2

CenturyBooks

## 清水書院の〝センチュリーブックス〟発刊のことば

近年の科学技術の発達は、まことに目覚ましいものがあります。月世界への旅行も、近い将来のこととして、夢ではなくなりました。しかし、一方、人間性は疎外され、文化も、商品化されようとしていることも、否定できません。

いま、人間性の回復をはかり、先人の遺した偉大な文化を継承して、高貴な精神の城を守り、明日への創造に資することは、今世紀に生きる私たちの、重大な責務であると信じます。

私たちがここに、「センチュリーブックス」を刊行いたしますのは、人間形成期にある学生・生徒の諸君、職場にある若い世代に精神の糧を提供し、この責任の一端を果たしたいためであります。

ここに読者諸氏の豊かな人間性を讃えつつご愛読を願います。

一九六七年

SHIMIZU SHOIN

【人と思想】既刊本

| | |
|---|---|
| 老子 | 高橋進 |
| 孔子 | 内野熊一郎他 |
| ソクラテス | 中野幸次 |
| 釈迦 | 副島正光 |
| プラトン | 中野幸次 |
| アリストテレス | 堀田彰 |
| イエス | 八木誠一 |
| 親鸞 | 古田武彦 |
| ルター | 小牧治 泉谷周三郎 |
| カルヴァン | 渡辺信夫 |
| デカルト | 伊藤勝彦 |
| パスカル | 小松摂郎 |
| ロック | 浜林正夫他 |
| ルソー | 中里良二 |
| カント | 小牧治 |
| ベンサム | 山田英世 |
| ヘーゲル | 澤田章 |
| J・S・ミル | 菊川忠夫 |
| キルケゴール | 工藤綏夫 |
| マルクス | 小牧治 |
| 福沢諭吉 | 鹿野政直 |
| ニーチェ | 工藤綏夫 |
| J・デューイ | 山田英世 |
| フロイト | 鈴村金彌 |
| 内村鑑三 | 関根正雄 |
| ロマン=ロラン | 村上嘉隆 村上益子 |
| 孫文 | 横山英 中山義弘 |
| ガンジー | 坂本徳松 |
| レーニン | 中野徹三 高岡健次郎 |
| ラッセル | 金子光男 |
| シュバイツァー | 泉谷周三郎 |
| ネルー | 中村平治 |
| 毛沢東 | 宇野重昭 |
| サルトル | 村上嘉隆 |
| ハイデッガー | 新井恵雄 |
| ヤスパース | 宇都宮芳明 |
| 孟子 | 加賀栄治 |
| 荘子 | 鈴木修次 |
| アウグスティヌス | 宮谷宣史 |
| トーマス・マン | 村田經和 |
| シラー | 内藤克彦 |
| 道元 | 山折哲雄 |
| ベーコン | 石井栄一 |
| マザーテレサ | 和田町子 |
| 中江藤樹 | 渡部武 |
| ブルトマン | 笠井恵二 |
| 本居宣長 | 本山幸彦 |
| 佐久間象山 | 奈良本辰也 左方郁子 |
| ホッブズ | 田中浩 |
| 田中正造 | 布川清司 |
| 幸徳秋水 | 絲屋寿雄 |
| スタンダール | 鈴木昭一郎 |
| 和辻哲郎 | 小牧治 |
| マキアヴェリ | 西村貞二 |
| 河上肇 | 山田洸 |
| アルチュセール | 今村仁司 |
| 杜甫 | 鈴木修次 |
| スピノザ | 工藤喜作 |
| ユング | 林道義 |
| フロム | 安田一郎 |
| マイネッケ | 西村貞二 |
| エラスムス | 斎藤美洲 |
| パウロ | 八木誠一 |
| ブレヒト | 岩淵達治 |
| ダンテ | 野上素一 |
| ダーウィン | 江上生子 |
| ゲーテ | 星野慎一 |
| ヴィクトル=ユゴー | 辻昶 丸岡高弘 |
| トインビー | 吉沢五郎 |
| フォイエルバッハ | 宇都宮芳明 |

平塚らいてう　小林登美枝
フッサール　加藤精司
ゾラ　尾崎和郎
ボーヴォワール　村上益子
カール＝バルト　大島末男
ウィトゲンシュタイン　岡田雅勝
ショーペンハウアー　遠山義孝
マックス＝ヴェーバー　住谷一彦他
D・H・ロレンス　倉持三郎
ヒューム　泉谷周三郎
シェイクスピア　福田陸太郎　菊川倫子
ドストエフスキイ　井桁貞義
エピクロスとストア　堀田彰
アダム＝スミス　浜林正夫　鈴木亮
ポパー　川村仁也
フンボルト　西村貞二
白楽天　花房英樹
ベンヤミン　村上隆夫
ヘッセ　井手賁夫
フィヒテ　福吉勝男
大杉栄　高野澄
ボンヘッファー　村上伸
ケインズ　浅野栄一
エドガー＝A＝ポー　佐渡谷重信

ウェスレー　野呂芳男
レヴィ＝ストロース　吉田禎吾他
ブルクハルト　西村貞二
ハイゼンベルク　小出昭一郎
ヴァレリー　山田直
プランク　高田誠二
ラヴォアジエ　中川鶴太郎
T・S・エリオット　徳永暢三
シュトルム　宮内芳明
マーティン＝L＝キング　梶原寿
ペスタロッチ　長尾十三二　福田弘
玄奘　三友量順
ヴェーユ　冨原眞弓
ホルクハイマー　小牧治
サン＝テグジュペリ　稲垣直樹
西光万吉　師岡佑行
ヴァイツゼッカー　加藤常昭
メルロ＝ポンティ　村上隆夫
オリゲネス　小高毅
トマス＝アクィナス　稲垣良典
ファラデーとマクスウェル　後藤憲一
津田梅子　古木宜志子
シュニツラー　岩淵達治

タゴール　丹羽京子
カステリョ　出村彰
ヴェルレーヌ　野内良三
コルベ　川下勝
ドゥルーズ　鈴木亨
「白バラ」　関楠生
リジュのテレーズ　菊地多嘉子
リッター　西村貞二
プルースト　石木隆治
ブロンテ姉妹　青山誠子
ツェラーン　森治
ムッソリーニ　木村裕主
モーパッサン　村松定史
大乗仏教の思想　副島正光
解放の神学　梶原寿
ミルトン　新井明
ティリッヒ　大島末男
神谷美恵子　江尻美穂子
レイチェル＝カーソン　太田哲男
オルテガ　渡辺修
アレクサンドル＝デュマ　辻昶　稲垣直樹
西行　渡部治
ジョルジュ＝サンド　坂本千代
マリア　吉山登